FORA DA SOMBRA

JULIANO VIEIRA DE ARAUJO
FORA DA SOMBRA

Ágape

SÃO PAULO, 2023

Fora da sombra
Copyright © 2023 by Juliano Vieira de Araujo
Copyright © 2023 by Novo Século Editora Ltda.

Editor: Luiz Vasconcelos
Gerente editorial: Letícia Teófilo
Produção editorial: Érica Borges Correa e Marianna Cortez
Preparação: Diego Franco Gonçales
Revisão: Paola Sabbag Caputo
Diagramação e projeto gráfico: Manoela Dourado
Capa: Raul Vilela
Composição de capa: Ian Laurindo

Texto de acordo com as normas do Novo Acordo Ortográfico da Língua Portuguesa (1990), em vigor desde 1º de janeiro de 2009.

Dados Internacionais de Catalogação na Publicação (CIP)
Angélica Ilacqua CRB-8/7057

Araujo, Juliano Vieira de
Fora da sombra / Juliano Vieira de Araujo. -- Barueri, SP : Novo Século Editora, 2023.
 208 p.

ISBN 978-65-5724-084-7

1. Ficção cristã brasileira 2. Ficção utópica 3. Religião I. Título

23-2502   CDD B869.3

Índice para catálogo sistemático:
1. Ficção cristã brasileira

Ágape
uma marca do
Grupo Novo Século

GRUPO NOVO SÉCULO
Alameda Araguaia, 2190 – Bloco A – 11º andar – Conjunto 1111
CEP 06455-000 – Alphaville Industrial, Barueri – SP – Brasil
Tel.: (11) 3699-7107 | E-mail: atendimento@gruponovoseculo.com.br
www.gruponovoseculo.com.br

SUMÁRIO

Capítulo I. A ALIANÇA, 7
Capítulo II. A NOVA ORDEM, 13
Capítulo III. O SEQUESTRO, 27
Capítulo IV. O ATENTADO, 39
Capítulo V. ZELOTES, 47
Capítulo VI. O DONO DO MUNDO, 57
Capítulo VII. A PALESTRA, 69
Capítulo VIII. A LEI, 77
Capítulo IX. NOVAS DESCOBERTAS, 85
Capítulo X. ECLESIASTES, 99
Capítulo XI. RESPOSTAS, 107
Capítulo XII. EVANGELHO, 115
Capítulo XIII. A REUNIÃO, 129
Capítulo XIV. O PLANO, 137
Capítulo XV. MISSIONÁRIO, 141
Capítulo XVI. O ENCONTRO, 149
Capítulo XVII. VINGANÇA, 163
Capítulo XVIII. A FUGA, 177
Capítulo XIX. ACERTO DE CONTAS, 185
Capítulo XX. JUSTIÇA, 195
Capítulo XXI. FORA DA SOMBRA, 201
COMENTÁRIO SOBRE A OBRA, 205

CAPÍTULO I
A ALIANÇA

ANO 2098 – COMPLEXO PENITENCIÁRIO LUNAR

Em uma cela individual no Setor 7 da prisão lunar, Paulo Pinheiro está deitado na cama, lendo a Bíblia concentrado, quando escuta fortes batidas na porta:
– Está na hora! – avisa o guarda Vasquez.
Paulo então se levanta, fecha a Bíblia e aguarda, enquanto Vasquez autoriza a abertura da porta junto à central de controle. Ao sair da cela, Paulo se depara com um androide de segurança: uma máquina projetada para a contenção de detentos e manutenção de ordem na prisão, programado para resolver qualquer problema de forma rápida, agressiva e mortal. Ele permanece ao lado do guarda, imponente.
Os dois humanos e a máquina seguem devagar pelo corredor estreito e bem iluminado, sempre ajustados à gravidade artificial operante no complexo lunar. Após alguns minutos, Paulo passa em frente à cela de Jacob Seber, e o rabino lhe diz com serenidade:
– Força, Paulo! Não se esqueça de seu verdadeiro propósito: conforte a todos! Deus está no comando, sempre!
Paulo fica comovido com as palavras do amigo. Ele é escoltado até o outro lado do complexo e, ao se aproximar da ala feminina, avista Samira Cristina. De imediato e em silêncio, os dois cúmplices se correspondem com um olhar carinhoso.
Por fim, o prisioneiro é conduzido até uma grande sala, completamente isolada dos outros setores da prisão lunar. Naquele

local, é possível pressentir uma atmosfera de terror que pesa o ambiente por completo.

Na enorme sala, separados apenas por uma grossa parede de vidro, vinte e quatro presos, em sua maioria oriundos de países da América Latina, estão alinhados e imobilizados em cadeiras fixas, separados em fileiras. O ambiente é tenso e todos os presos estão agitados. Em uma cabine de vidro no ponto mais elevado da sala, está o diretor da prisão, Lee Woo, mais conhecido como o *Senhor Morte*, sempre acompanhado de seu androide de segurança pessoal de última geração.

Do alto da cabine, Lee se dirige a Paulo com um olhar sarcástico, liga o microfone e dá início ao ritual de execução:

– Vamos logo com isso. Não tenho tempo a perder!

Logo, Paulo, que é tido como o mais estimado orador cristão da prisão, se concentra e, inspirado, entoa um louvor:

– *Deus é tão bom, Deus é tão bom, é tão bom para mim. Cristo é real, Cristo é real, é real para mim. Ele voltará, ele voltará, voltará para mim...*

De uma forma inesperada, os presos vão se acalmando, e o silêncio toma conta do ambiente. Então, Paulo enfatiza:

– O Senhor é a minha luz e a minha salvação, de quem terei medo? O Senhor é a fortaleza da minha vida, a quem temerei? Em nós e por nós mesmos, não temos bondade ou ato de justiça que tenhamos praticado, que nos faça aceitáveis ao Senhor. Nós somos meros pecadores! Mas o Senhor, em seu infinito amor e misericórdia, providenciou o nosso resgate: entregando o seu próprio Filho para assumir a nossa culpa na cruz! Ele morreu absolvendo os nossos pecados e ressuscitou. Ele nos perdoou e nos purificou para nos dar uma nova vida, repleta de paz! Eu não sou capaz de entender plenamente o motivo do sofrimento e da dor. Afinal, todos nós somos apenas humanos, aprisionados em nossa visão limitada, e eu não tenho justificativa ou explicação para desvendar tantos mistérios. Porém, posso afirmar que tudo que acontece em nossas vidas serve a um propósito maior. E a vida não termina aqui. Pelo contrário, para todos aqueles que aceitam Cristo Jesus como Salvador e Filho de Deus, ela é eterna, porque Ele nos aguarda em seu reino.

Nesse momento, um dos presos confessa:

– Eu sou um criminoso! Eu reconheço o mal que pratiquei a tantas pessoas, e nunca me esqueci de nenhuma delas. Eu me tornei uma péssima pessoa, e o mal me consome em todos os dias da minha vida. Peço perdão a Deus e a todos a quem prejudiquei. E, do fundo do meu coração, me arrependo de todos os meus erros e pecados.

Então, uma condenada clama:

– Eu nem sei por que estou presa. Eu não fiz nada tão grave para permanecer nesse lugar. Mas, agora que o meu fim está próximo, só posso pedir a Deus por misericórdia, e que Ele me receba ao seu lado, junto a Jesus. Eu oro pela minha salvação e por todos que estão aqui!

Um dos condenados grita de forma estridente:

– Calem a boca, todos vocês! Seu pastor de araque! Nós vamos morrer e você fica falando de vida eterna? Não venha com essa baboseira para cima de mim!

Em seguida, outro condenado grita:

– Se Jesus é meu Salvador, peça para Ele me tirar daqui! Senão, Ele não me serve para nada!

Uma onda de desespero e raiva toma conta do ambiente. Alguns presos estão descontrolados, gritando e esbravejando. Um deles profere palavras sem sentido, enquanto outros choram e gritam em pânico. Então, o diretor Lee encara Paulo com satisfação, celebrando em silêncio aquele horror.

Ao chegar o relógio, o guarda Vasquez acena para o diretor Lee, avisando que o tempo previsto para a execução está encerrado. Lee aciona o microfone e com satisfação sentencia:

– Conforme julgamento da corte internacional de combate ao terrorismo, e cumprindo a sentença proferida, dou início à execução da pena de morte de todos os condenados presentes.

De imediato, do alto de sua cabine, o *Senhor Morte* aperta um botão vermelho no painel de comando. Em uma fração de segundo, um forte clarão toma conta do local, emitindo uma poderosa descarga eletromagnética. Quando o clarão se dissipa, restam apenas vinte e quatro montes de pó, alinhados e separados em fileiras.

Naquela noite, no refeitório comunitário da prisão, mesmo na companhia dos amigos, Paulo não consegue disfarçar a tristeza. Discreta, sempre atenta à vigilância do local, Samira segura a mão de Paulo e diz com carinho:

– Você fez o melhor que podia: deu esperança a eles.

Mesmo assim, ele se lamenta:

– Eu sei, mas jamais vou esquecer aqueles rostos. Depois de tudo terminar, ainda foi horrível ver a satisfação no olhar de Lee. Eu não sei quanto tempo mais consigo aguentar essa loucura!

Foi quando Paulo, percebendo que Jacob estava alheio à conversa, desabafou:

– Você não ouviu uma palavra do que eu disse!

– Desculpe, meu amigo. Eu me solidarizo com todas as pessoas que morreram hoje. Já orei por elas e continuo orando por todas as vítimas que foram executadas antes. Mas, no momento, a minha preocupação é outra!

Um dos guardas se aproxima da mesa dos prisioneiros e todos se calam. Logo, ele se afasta e retoma a sua ronda habitual pelos corredores do refeitório. Com cautela, Jacob abre uma das mãos e mostra um dispositivo camuflado sobre a palma.

– O que é isso? – Samira pergunta com curiosidade.

Jacob coloca a outra mão sobre a própria boca, para evitar a detecção das expressões labiais e sussurra:

– Isso, minha cara, é nosso passaporte para sair desse inferno! Nos próximos dias, nesse mesmo horário, vamos conversar sobre o nosso plano de fuga. Se tudo funcionar conforme o planejado, e se for o desejo de Yahweh, nós sairemos daqui antes do dia da nossa execução.

Paulo e Samira se entreolham, confiantes, dando vazão a um sentimento de esperança. Nesse momento soa um alarme, avisando os prisioneiros que o horário de refeição está encerrado. Antes de sair do refeitório, Paulo contempla pela janela a visão da Terra. A imponente imagem do planeta azul flutuando no universo é linda, e ele se recorda do tempo em que era apenas um simples policial sem desconfiar das surpresas e armadilhas que o destino lhe reservava.

CAPÍTULO II
A NOVA ORDEM

ANO 2095 — RIO DE JANEIRO

Paulo Alberto Pinheiro, o Tenente Pinheiro, é um homem comum, um policial militar do Rio de Janeiro. Todos os dias, ele executa a ronda de segurança sem muita preocupação. Há meses não ocorre qualquer incidente grave durante as ações policiais na cidade ou na periferia.

Na verdade, há décadas já não existe qualquer registro de mortos ou feridos em nenhum bairro da cidade. Normalmente, toda ação policial transcorre com o mínimo necessário do uso de força. Somente em casos excepcionais, raros e isolados – e dependendo do comportamento do infrator – a ação policial pode se tornar violenta. Mesmo assim, na maioria dos casos é contra o próprio agressor.

Afinal, toda ação policial é planejada com antecedência, utilizando como ferramenta tática o Sistema Integrado de Monitoramento Mundial, mais conhecido pela sigla SIMM.

Quando o ousado projeto SIMM foi criado, logo foi adotado e implementado ao redor do planeta pela maioria dos países-membros da ONU, gerando um impacto revolucionário na segurança mundial.

O SIMM é formado por múltiplos satélites de observação, com monitoramento vinte e quatro horas por dia, durante sete dias da semana. Com imagens de alta qualidade e precisão, tem uma enorme capacidade de transmissão de dados em tempo real, rastreando toda a superfície das regiões habitadas do planeta.

Para complementar a eficiência do sistema, todas as câmeras de vigilância ao redor do mundo, instaladas em estabelecimentos como casas, escolas, lojas, edifícios públicos e privados, praças, ruas, rodovias ou qualquer lugar supervisionado do planeta, integram esse Big Brother. Por isso, todos estão cientes: ninguém escapa do rastreamento e do monitoramento do SIMM.

Assim, quando combinadas às câmeras de segurança, as imagens captadas por satélite detectam qualquer situação suspeita, seja de um simples indivíduo ou um grupo de pessoas. Dessa forma, todas as imagens são processadas em tempo real, enquanto o programa de rastreamento e avaliação de riscos as processa e envia para as delegacias regionais.

Além disso, o software do programa SIMM analisa centenas de normas e leis vigentes e as comparam com o comportamento de cada pessoa monitorada, respeitando a jurisdição local. Se existir a confirmação de qualquer transgressão, o caso é enviado diretamente para os procuradores, delegados e juízes que compõem um grupo de avaliação, que mais uma vez analisam as imagens e definem a melhor ação a ser empregada em cada situação específica.

Toda possibilidade é analisada, determinando se há ou não a necessidade de uso de forças táticas e equipamentos, sendo que o custo da operação é calculado conforme o orçamento de cada unidade de segurança local. Em questão de minutos após a tomada de decisão por parte dos avaliadores, uma equipe de intervenção é acionada e enviada ao local de abordagem.

Em uma dessas operações de segurança, em uma tarde ensolarada no Rio de Janeiro, Paulo e seu parceiro, sargento Carlos Matos, foram recrutados para um procedimento-padrão de investigação, seguido pela possível detenção de um grupo de quatro pessoas nos arredores do Palácio da Guanabara.

Já próximos ao local, Carlos faz a programação dos drones e equipamentos que serão utilizados:

– Já instalei o plano de voo do perímetro nos drones. Com todo esse aparato de segurança, eu não sei por que o governo ainda nos mantém em diligência. Daqui a pouco, seremos nós! - ele faz um sinal com o dedo, cortando a garganta.

– Cortar o nosso emprego? Por causa dos novos policiais androides? Hm... não sei, não. Quero ver algum androide fazer isso aqui!

Neste momento, Paulo se aproxima de Carlos, aplicando um golpe mata-leão no pescoço do parceiro; visivelmente irritado, Carlos reclama:

– Para com isso! Não estou brincando! Outro dia levei meu veículo para revisão e não encontrei mais o Matias. E olha que ele foi meu mecânico por anos. Hoje em dia, na oficina, só tem androides e máquinas trabalhando. Se a moda pega, nós estamos perdidos!

Paulo discorda, balançando negativamente a cabeça. Enquanto a dupla arruma o restante do equipamento, Carlos pergunta:

– Será que essa missão de hoje tem algo a ver com os desaparecimentos reportados na delegacia nos últimos dias?

– Você está falando daquela senhora que semana passada deu queixa do sumiço do marido? Ou daquele caso de sobrinho e tio desaparecidos no mês passado? Olha, acho que não, provavelmente vamos encontrar apenas alguns arruaceiros se embriagando e criando confusão, só isso!

Antes de dar andamento ao planejamento tático, Paulo fecha os olhos, se concentra e ora:

– Deus, nos proteja e nos guarde! Que tudo saia bem nessa missão, em nome de Jesus, amém!

Não contendo a curiosidade, Carlos pergunta:

– Paulo, você não é religioso, não frequenta igreja nem cultos. Por que sempre faz esses pedidos para Deus?

– Ah, sei lá! Desde criança, eu tenho esse hábito, e quer saber? Uma ajudinha lá de cima não faz mal a ninguém! E aí, vamos pegar esses criminosos ou não?

O grupo suspeito foi avistado caminhando ao redor do edifício do Palácio da Guanabara. O SIMM detectou e avaliou a ação como uma possível ameaça. As ferramentas de apoio da abordagem policial a serem utilizadas na operação eram: roupas de segurança de proteção com câmeras e comunicação on-line, um drone de reconhecimento, quatro minidrones equipados com armas de choque elétrico, explosivos de intimidação e dispersão e um veículo de transporte aéreo-terrestre, chamado carinhosamente de Carcará.

Assim que os suspeitos foram detectados e marcados como um potencial alvo pelo SIMM, eles continuaram sendo monitorados em tempo real pelo sistema até a conclusão da abordagem policial.

Naquele dia ensolarado, a operação parecia ser segura e corriqueira, como tantas outras. Porém, algo incomum não foi previsto pela tecnologia. Enquanto Paulo sobrevoa a área com o Carcará, a imagem do drone revela que os suspeitos estão concentrados na praça central em frente ao Palácio da Guanabara. Então Carlos deixa a viatura policial e se aproxima do local, mantendo-se atento na retaguarda.

Muitas pessoas circulam no local, sem desconfiar de nada, alheias à operação de abordagem. Somente quando o drone se aproxima dos suspeitos é que todos ouvem um estrondo: uma batida forte, seca e alta como uma bomba.

Nesse momento, todo o sistema elétrico ao redor entra em pane e o Carcará, sem controle, despenca no chão. Sem contato com a central, o SIMM é afetado, ficando inoperante. Atordoado pela explosão, Paulo sai correndo do veículo de apoio e encontra Carlos ainda confuso pelo barulho do estopim.

Com cautela, os dois policiais se dirigem à praça principal, enquanto os assustados transeuntes deixam correndo o local. Os policiais se aproximam do chafariz da praça central e, para sua surpresa, os suspeitos permanecem indiferentes à situação, prontos para o confronto.

Três homens e uma mulher estão vestidos com casacos longos, capuz e bonés, o que destoa totalmente do clima quente e abafado do Rio de Janeiro.

Sem aparentar medo, os suspeitos observam a movimentação dos policiais. Por alguns segundos, todos permanecem imóveis como se estivessem em algum filme de *western*. Então Paulo toma a iniciativa, indo em direção ao grupo.

Nesse momento, um dos homens tira do casaco uma arma de fogo com um movimento rápido, uma espingarda calibre doze de repetição, causando estranheza aos policiais. Afinal, há mais de quarenta anos, todos os países-membros da ONU assinaram o maior tratado de desarmamento da história: aboliu-se definitivamente o uso de armas de fogo para uso civil e militar em todo território dos países participantes.

Nesse tratado, foi proibida a fabricação de qualquer espécie de arma de fogo letal; por consequência, seu uso foi abolido tanto para ataque quanto defesa ou esporte. Somente poucos colecionadores e alguns países ainda possuíam acesso a esse tipo de arma primitiva. Contudo, a forte fiscalização e a rastreabilidade dessas armas impediram o comércio ilegal em todo o mundo, incluindo o Brasil.

Por isso, a polícia do Rio de Janeiro não usava há décadas esse tipo de armamento, e nem mesmo outros equipamentos de proteção, como coletes à prova de bala. Devido à inusitada situação, instintivamente, Paulo procura ao redor algum local seguro para se proteger rapidamente, enquanto grita para Carlos fazer a mesma coisa.

O suspeito armado aponta a espingarda para o drone caído no chão e atira, destruindo-o completamente. Em seguida, o atirador muda o alvo para um veículo estacionado em uma rua próxima, onde Carlos está escondido, se protegendo. Sem cerimônia, o suspeito atira no motor, causando uma forte explosão.

Sem alternativa a não ser correr, Carlos busca um novo local para se proteger e vai em direção ao parceiro. Nesse momento, Paulo confirma horrorizado que o atirador mantém a arma apontada para o amigo. Sem pensar duas vezes, o policial corre em direção ao colega e se joga sobre ele, na intenção de protegê-lo.

O terceiro disparo atinge o alvo: Paulo está ferido. Em desespero, Carlos arrasta-o pelo chão até um local seguro, na intenção de verificar os sinais vitais do amigo.

Paulo está atordoado e respira com dificuldade. Com uma voz sufocada, ele pede para o parceiro afrouxar o casaco. Cautelosamente, Carlos abre o uniforme do colega e constata que o disparo acertou uma das baterias do equipamento de gravação de Paulo, evitando um possível ferimento mortal.

– Mas como? – Carlos pergunta, atônito.

– Deus me protegeu, atendeu minhas orações!

Mesmo sem ferimentos graves, alguns estilhaços da bala acertaram o braço esquerdo do policial, flagelando-o com uma dor aguda. Sem se intimidar com os ferimentos, Paulo se levanta, voltando a atenção para os criminosos que se evadiram do local.

Rapidamente, os policiais iniciam uma perseguição pelos arredores. Após algumas quadras, os dois se separam em caminhos opostos, a fim de cobrir um perímetro mais extenso.

Depois de alguns minutos de busca, Paulo percebe uma movimentação incomum perto de uma construção abandonada. Sem vacilar, ele olha pela fresta do portão corroído e avista um dos fugitivos pulando um dos muros do local e corre em seu encalço.

Paulo salta o obstáculo e, assim que atinge o chão, se depara com o suspeito, que o está aguardando com uma barra de ferro nas mãos. Com agilidade, o policial consegue se esquivar a tempo do ataque surpresa. O suspeito foge correndo e Paulo continua em seu encalço.

Num jogo de gato e rato, eles correm em um ritmo frenético, em um interminável sobe e desce de escadas e obstáculos. Por fim, a perseguição termina no último andar do edifício abandonado, quando o suspeito tropeça em uma viga solta.

Nesse momento, Paulo se atira sobre ele, agarrando-o com força. Os dois rolam pelo chão. Durante a briga, o suspeito consegue sacar uma faca e tenta atingir o policial. Rapidamente, Paulo se desvencilha da facada, aplicando um golpe de jiu-jitsu, e, desarmando-o, consegue cravar a mesma faca na perna do agressor.

O suspeito grita de dor; inesperadamente, um comparsa ressurge em seu auxílio. Nesse momento, o policial é atingido de surpresa na cabeça por um saco de cimento. Com o impacto, o saco estoura e cria uma névoa de poeira, deixando Paulo atordoado e com dificuldade para respirar. O pó inalado provoca uma ardência insuportável nos olhos, que o cega por uns momentos; mesmo assim, ele tenta bravamente conter o agressor. Contudo, o comparsa desfere um chute brutal nas costas do policial, que o faz perder as forças. Diante da vantagem, os suspeitos se desvencilham, conseguindo escapar. Paulo despenca no chão, exausto pela dor, e grita.

Após o atendimento emergencial no local da abordagem pelo grupo de médicos da polícia militar, Paulo e Carlos são liberados para retornarem à delegacia.

Na porta do distrito, os policiais se deparam com a movimentação de repórteres ansiosos, que buscam informações sobre o ocorrido. Dentro da delegacia, tanto Carlos como Paulo são interrogados exaustivamente pela corregedoria pública e pelo serviço federal de combate ao terrorismo.

A incomum presença desses agentes faz Paulo perceber que os suspeitos daquela operação não eram suspeitos comuns, e sim terroristas internacionais.

Durante o interrogatório, Paulo foi monitorado de perto por BOB, um sofisticado robô detector de mentiras, programado para identificar qualquer informação incongruente, dúbia ou falsa. Já no fim da exaustiva sabatina, Paulo, um tanto irritado, desabafa:

– Eu já respondi a todo tipo de pergunta, agora eu tenho algumas questões: o que está acontecendo? Quem são esses terroristas?

Um dos agentes explica:

– Estamos conduzindo uma investigação contra um grupo criminoso internacional, e esta é a única informação que você precisa saber.

– Como assim? Eu fui atacado durante uma operação policial na minha cidade, meu parceiro e eu quase morremos! Estou colaborando de boa vontade, e em troca vocês não me informam nada? Eu exijo uma explicação!

Então, o outro agente comenta:

– O que podemos informar é que existe um forte indício de que os suspeitos do atentado fazem parte de um grupo terrorista internacional e bem organizado. É provável que tenha sido implantada no Brasil uma célula terrorista que está agindo em conformidade com ordens recebidas de outras células espalhadas em diferentes cidades do mundo. A organização é um grupo terrorista fanático religioso que tem como principal objetivo instalar a anarquia. São perigosos e violentos e se autointitulam de Novos Zelotes, ou somente Zelotes.

Nesse momento, os agentes dão por encerrado o interrogatório, deixando Paulo perplexo, com mais perguntas do que respostas. Logo, o policial se dirige à sala do capitão do Distrito em busca de mais informações.

Após alguns minutos de espera, o capitão Barroso recebe Paulo e Carlos. Porém, antes de iniciar a conversa, e para surpresa dos policiais, ele desliga todos os aparelhos de vigilância e monitoramento da sala, dizendo:

– O que eu vou contar é confidencial e não pode ser vazado. Hoje pela manhã eu falei com o secretário de segurança, que me confidenciou que a AIA, Agência de Inteligência Antiterrorista, suspeita que uma célula terrorista esteja agindo no Brasil e preparando um atentado para a próxima semana no Rio de Janeiro. Segundo mensagens interceptadas, o grupo agirá no Palácio da Guanabara, durante a cerimônia do tratado comercial entre Brasil e Estados Unidos. Além da delegação internacional, estarão presentes no local o governador e o presidente da República.

Incrédulo, Paulo pergunta:

– Qual é o motivo para esse atentado?

– É impossível definir, talvez o alvo principal do ataque seja o presidente ou o secretário de Defesa dos Estados Unidos. Ainda não há mais pistas, mas os agentes da inteligência estão trabalhando com todas as possibilidades.

– Mas, capitão, se eles sabiam com antecedência da possibilidade desse atentado, por que não nos informaram disso?

– Veja, Paulo, tudo é uma questão de segurança nacional: somente o alto escalão tem acesso a esse tipo de informação. Naquilo que nos compete, já não temos mais autorização para investigar a emboscada, mesmo tendo dois policiais do nosso distrito envolvidos na operação. Isso já está fora da nossa jurisdição e estamos fora do jogo. A partir de agora, os agentes federais assumem a investigação.

Descrente da situação, Carlos pergunta:

– Capitão, já faz muito tempo que não existe esse tipo de crime na cidade. Será que isso tem alguma relação com os desaparecimentos relatados no último mês?

– Não devemos fazer suposições sem embasamento, mas sim trabalhar com fatos! A ordem do dia é: terroristas não são criminosos comuns. Se alguém for preso na cidade fazendo alguma besteira, os agentes da inteligência assumem o caso. No caso de indiciamento, o suspeito responde o processo em um tribunal internacional. Caso seja condenado, ele cumpre a pena sem direito a visitas, e nunca mais se ouve falar dele.

Nesse momento, o capitão se levanta da mesa de reunião e adverte os policiais:

– Por isso, estou dando uma ordem direta para que nenhum dos dois se meta mais nesse assunto. Fiquem em casa nos próximos quinze dias, esfriem a cabeça, se recuperem dos ferimentos... Essa é a prioridade, entendido? Os senhores estão dispensados até segunda ordem.

Frustrado e sem entender tudo o que está acontecendo, Paulo se despede do parceiro, acatando as ordens do capitão. Naquela noite, ele havia marcado um jantar com sua noiva, mas, em vez de ir dirigindo, preferiu caminhar.

Durante o trajeto até o restaurante, Paulo se distrai, observando com atenção o lugar e as pessoas ao redor. Logo percebe o quanto a cidade era, de fato, maravilhosa: lagoas, rios, praias, clima agradável, uma vegetação exuberante, o Pão de Açúcar e o Cristo Redentor, tudo tão maravilhosamente preservado!

Pelas ruas limpas, os turistas transitam encantados com a surpreendente beleza natural da cidade. Por um instante, Paulo se detém observando o movimento da orla: surfistas, skatistas, homens altos, bronzeados, com corpos bem definidos e mulheres elegantes, com corpos atléticos, compõem uma paisagem vibrante e harmoniosa. O que mais chama atenção é a aparência saudável e jovial – a inexistência de debilidade física ou motora – sem qualquer sinal de envelhecimento dos que transitam no local.

Porém, Paulo está ciente que toda aquela visível perfeição somente foi possível devido aos avanços da ciência e da medicina preventiva moderna, como o BMH, sigla em inglês para *Body and Mental Health*. Inventado por cientistas de Israel, o dispositivo trouxe uma nova perspectiva de vida para a humanidade, revolucionando os tratamentos médicos existentes.

Afinal, o BMH é um sofisticado dispositivo implantado na tenra infância, capaz de detectar e corrigir qualquer anomalia genética, curando-a por um tratamento não invasivo com nanopartículas, sempre mapeando e corrigindo qualquer tipo de doença.

Por meio desse implante, um médico pode acessar um paciente em qualquer lugar do mundo, realizando as intervenções médicas necessárias, tanto para riscos previamente detectados quanto para ocorrências pontuais externas, como vírus ou bactérias.

Além disso, o BMH também é programado para monitorar o bem-estar mental de cada indivíduo, regulando e gerenciando um controle completo dos distúrbios de humor, tratando e prevenindo depressão, crises de pânico ou bipolaridade.

Milhões de vidas foram salvas com essa nova tecnologia, e o BMH se tornou o programa preventivo de saúde mais utilizado no mundo. Por fim, a expectativa de vida média da população mundial saltou de oitenta para cento e cinquenta anos, podendo até mesmo chegar a duzentos anos de idade, mantendo cada indivíduo em excelentes condições de saúde, com qualidade de vida e perfeito desempenho físico.

Muitos especialistas acreditam que, num futuro próximo, será possível prolongar indefinidamente a longevidade e a vida.

Na porta do restaurante Tom Jobim, no Leblon, Amanda aguarda o noivo chegar. Ao avistá-lo, a moça se surpreende com o rosto machucado de Paulo e, sem disfarçar o nervosismo, pergunta:

– Meu amor, o que aconteceu?

– Calma, minha linda. Não se preocupe, não foi nada. Você não tem ideia de como ficou o outro cara. Vamos nos sentar que eu explico tudo com calma.

O casal se acomoda na mesa previamente reservada, e antes de responder qualquer questionamento de Amanda, Paulo a beija demoradamente, acariciando seus longos cabelos negros e encaracolados.

Linda, com um rosto de modelo e curvas perfeitas, Amanda jamais apoiou a escolha de Paulo em seguir carreira como policial militar. Dona de uma personalidade forte, ela via o trabalho dele como violento, perigoso e que oferecia uma remuneração baixa para tantos riscos.

Além disso, ela era uma pessoa ambiciosa, que sonhava em ostentar luxos e um alto estilo de vida. As brigas do casal eram frequentes, já que sempre discordavam de premissas básicas: o que importava para ela não era relevante para ele e vice-versa. Apesar dos contratempos, Paulo gostava dela e cedia aos seus caprichos para manter o relacionamento amoroso, mesmo tendo dúvidas sobre o futuro juntos.

Paulo conta sobre os últimos acontecimentos no distrito, amenizando os detalhes sobre a perseguição e o atentado. Inconformada com o ocorrido, Amanda vai direto ao ponto:

– Meu amor, faltam três meses para o nosso casamento. Você se lembra daquele emprego que o cliente da minha loja mencionou para você se candidatar? O cargo de chefe de segurança na empresa dele está disponível, só o salário inicial já é maior do que o seu, e com chance de promoção em seis meses.

– De novo, esse negócio do Frank? Eu pretendia falar com ele, mas não dá! Aquela empresa não me desceu bem, tem algo estranho por lá.

– É, eu sei, eles até parecem meio mafiosos, mas estão cheios da grana, viu? Me deixa explicar uma coisa, meu docinho de coco.... Você gosta de mim assim? Toda linda, maravilhosa e pele cheirosa? Então, meu amor, com o que você ganha não vai dar! Você precisa mudar de vida, acordar cedo e parar de gastar dinheiro de bobeira, indo ao bar com aqueles seus amigos.... Porque desse jeito não dá!

— Mas a gente se ama!

— E vamos viver do quê? Só de amor? Eu dou muito duro lá na loja, eu acordo cedo todo santo dia e meus clientes me adoram, sabia?

— O que você quer dizer?

— Eu quero dizer que se eu não quisesse estar com você, eu já não estaria! Eu não preciso mentir para você!

Mesmo contrariado, mas sem querer prolongar a discussão, Paulo concorda:

— Então fica combinado! Eu vou falar com Frank sobre esse novo trabalho, tá bom?

Amanda se acalma e sorri, satisfeita: a trégua está declarada.

Após o jantar, o casal se dirige para apartamento de Amanda. Logo na entrada, ela o beija torridamente e com pressa, arranca-lhe as roupas. A beldade de quarenta e oito anos, ex-rainha de bateria, tinha uma vida pregressa dedicada ao samba. Experiente em outros relacionamentos e com uma personalidade manipuladora, ela usava a arte da sedução para obter seus caprichos.

Ele entra no jogo e se deixa seduzir. Afinal, naquele momento nada mais importava: ela estava nua e irresistivelmente atraente.

CAPÍTULO III
O SEQUESTRO

NOVA YORK — ANO 2095 — APÓS ALGUNS DIAS

Samira Cristina Akeen trabalhou muito na construção de sua carreira, conseguindo grandes conquistas profissionais. Porém, jamais imaginou que um dia presenciaria um momento tão importante, que ficaria marcado na História.

Desde pequena, Samira sempre foi uma menina determinada, gostava de resolver as coisas do seu próprio jeito. Ganhou dos amigos o apelido de "faísca curta", por causa de seu temperamento explosivo e implacável contra injustiças. Quando jovem, ela não teve dúvidas sobre a sua vocação profissional, optando pelo curso de Direito.

Como advogada, conquistou a ascensão profissional ao entrar para o seleto grupo de assessores jurídicos de Luís Eduard Schiffer, CEO e principal acionista do conglomerado empresarial Schiffer & Sons Corporation. O trabalho dela consiste no assessoramento jurídico de contratos firmados na corporação, além de compra e venda de empresas da companhia.

A semana de Samira será agitada, sua atenção está voltada para o megaevento que será realizado na ONU, no qual está marcada uma homenagem para o chefe da Schiffer & Sons Co. O visor do BMH indica que a dosagem de estabilizador de humor dela está aumentando para compensar qualquer pico de ansiedade.

O megaevento planejado pela ONU será realizado em três etapas: primeiro, haverá a apresentação do balanço geral de

2095. Na sequência, a assinatura de adesão de alguns países remanescentes no tratado mundial de desarmamento. Por fim, a homenagem ao empresário.

Diversas autoridades estarão presentes, como chefes de Estado e presidentes do bloco principal, bem como governantes dos países que irão assinar o tratado e compor o novo bloco das nações.

Afinal, o tratado de desarmamento mundial foi o maior acordo de paz firmado entre as nações. Inicialmente, foi formulado e testado em alguns países de todos os continentes. Os resultados obtidos foram excelentes e os índices de violência caíram drasticamente. Devido à eficácia do programa, a maioria das nações adotou o procedimento assinando o acordo de desarmamento.

Exceção à regra, os Estados Unidos da América foi o único país a manter uma forte resistência ao programa. Contudo, após muita pressão internacional e resultados expressivos, acabou cedendo e participando do tratado. Em pouco tempo, o acordo de desarmamento mundial foi capaz de promover a eliminação de armas de destruição em massa e qualquer armamento de alta letalidade em todo o mundo.

Após a implantação dessas ações decisivas, os índices de morte da população mundial caíram a uma taxa inferior a 2%, e notícias de guerras e assassinatos tornaram-se muito raras.

No entanto, somente o tratado de desarmamento não teria eficácia sem o auxílio do sistema SIMM de segurança monitorada, o qual foi implantado simultaneamente.

Para Samira, Luís Eduard Schiffer sempre foi um homem visionário, detentor de ideias que revolucionaram o mundo. Ela se sentia particularmente orgulhosa em fazer parte de uma companhia que ajudou a moldar uma nova realidade social. Detendo um orçamento milionário, o conglomerado Schiffer & Sons Co. foi o principal responsável por desenvolver e implantar o SIMM.

No megaevento da ONU, que será transmitido ao vivo para o mundo, a advogada aguarda com expectativa a homenagem para "o maior pacifista da história", título dado pela mídia internacional.

No auditório principal da Organização das Nações Unidas, o secretário-geral da ONU, sr. Mosambe, dá início à abertura dos trabalhos na Assembleia às quinze horas, pontualmente. Os convidados de honra de Luís Schiffer estão acomodados nas primeiras fileiras, entre eles Samira. Próxima às poltronas reservadas, no lado direito do auditório está a porta de entrada e saída destinada ao trânsito das principais autoridades presentes.

Os membros do conselho fiscal iniciam a apresentação com o balanço geral do ano de 2095, enfatizando os principais gastos com ações de combate à pobreza, desastres naturais, conflitos entre países e programas de preservação e conservação do meio ambiente.

Após a apresentação, o sr. Mosambe dá continuidade à segunda parte do evento, frisando:

– Queridos amigos e amigas, nesse dia especial, estamos comemorando um dos momentos mais importantes na história de nossa civilização. Eu agradeço aos presentes pela participação e a todos os envolvidos nesse processo que nos elevará a um patamar avançado, jamais visto em nossa sociedade.

No auditório, um holograma apresenta gráficos com os índices de redução da violência no mundo, e convidados e autoridades falam da importância do tratado de desarmamento, enaltecendo o trabalho pioneiro de Luís Schiffer. Em seguida, a presidente do bloco de países que aderiram ao tratado, Anny Ayala, faz um discurso nomeando e convocando um a um os novos representantes das federações que irão publicamente assinar o documento. Enquanto isso, tem início uma apresentação musical de grupos folclóricos de diferentes locais do mundo para a celebração das assinaturas.

Tudo transcorre conforme o programado, apesar da aparente preocupação do diretor de tecnologia e inovação da Schiffer, Mark Zuket.

A cerimônia é encerrada com comoção e aplausos. Após um breve intervalo, o sr. Mosambe reassume a bancada, apresentando um vídeo biográfico do homenageado. Um holograma tridimensional com o logotipo da Schiffer & Sons Co. é apresentado, seguido de uma sucessão de imagens que apresentam as atividades econômicas do conglomerado, bem como a sua importância nos mercados mundiais e na geração de empregos.

Na sequência, as múltiplas atividades de Luís Schiffer são ressaltadas, com ênfase especial a ações filantrópicas, preservação ambiental e projetos inovadores, como a criação e a implementação do sistema SIMM. Por fim, o vídeo se encerra com a seguinte mensagem: "Uma nova era chegou, na qual todos pertencemos a um mesmo lugar e, principalmente, a um mesmo ideal".

Nesse momento, Luís Schiffer emerge do meio do holograma e é ovacionado por minutos. Envaidecido, ele agradece e, após muitos aplausos, dá início ao discurso:

– Senhoras e senhores, cidadãos do mundo e de fora da Terra: nunca mais alguém irá chorar a morte de outro ser humano por causa de armas, nunca mais! O tratado de desarmamento que estamos ampliando hoje elimina definitivamente um dos principais instrumentos de violência e sofrimento da humanidade. Com esse tratado, foi possível corrigir um passado trágico para criarmos juntos uma nova era, repleta de paz e liberdade. Ao longo da história, as armas foram utilizadas como pretexto de defesa ou soberania dos povos. Infelizmente, esses instrumentos mortais causaram mais mortes e dor que qualquer pandemia ou doença existente no planeta. Não podemos e não vamos tolerar mais esse tipo de situação! Por isso, quero expressar meu profundo agradecimento a todos os países que estão participando desse tratado e fazem parte desse momento histórico tão importante. Em especial, quero agradecer ao governo dos Estados Unidos da América por acreditar e liderar esse movimento dentro de seu próprio território e aderir ao tratado, juntamente com os novos países-membros. Sabemos que a resistência com o tratado foi enorme, tanto quanto foi a luta de convencimento, mas hoje aqueles que lutaram contra reconhecem e dão o devido valor para as ações que foram tomadas. Pensar que esse tratado sozinho reduziria a violência no mundo seria uma ingenuidade tremenda. Muitas outras ações foram necessárias para o resultado desejado, assim como o combate à pobreza e à desigualdade social foi decisivo. É necessário mencionar os grandes avanços na medicina, na ciência e na tecnologia, que em conjunto tornaram essa ação muito efetiva. Em todo o mundo, empresas como a Schiffer trabalharam incansavelmente, buscando meios de erradicar a pobreza, dando suporte às causas humanitárias em todos os cantos do planeta, aumentando a produtividade agrícola sem prejudicar o ecossistema e trazendo água potável para todos. Nunca se viu um crescimento sustentável tão significativo no mundo como o que estamos presenciando atualmente. As instituições religiosas colaboraram muito com todo esse avanço, visto que durante séculos vários conflitos foram causados por disputas religiosas. Com a nova integração e entendimento entre os grandes líderes religiosos, o mundo se tornou um lugar mais pacífico e unido. Por fim, todos esses avanços não seriam possíveis sem o auxílio do sistema de segurança SIMM, que garante estabilidade, segurança e paz entre todos os cidadãos do mundo. Por isso, posso afirmar que, neste dia, estamos presenciando o movimento mais importante da história moderna. A partir de hoje, entramos em uma nova era: uma nova ordem mundial está nascendo, transformando nosso mun...

De repente, um barulho alto, parecido com uma explosão, amedronta os presentes e interrompe o discurso. Nesse momento, todos os equipamentos eletrônicos falham e se tornam inoperantes, bem como os androides e os drones, incluindo o sistema SIMM.

Em segundos, o salão é invadido por um grupo com uniformes pretos, máscaras de oxigênio e armamento pesado. As portas do auditório são fechadas com violência, enquanto bombas de gás sonífero são lançadas dentro do local, fazendo com que a maioria dos convidados se afaste do palco principal.

Os poucos seguranças humanos são facilmente imobilizados. Rapidamente, alguns terroristas se dirigem ao púlpito e capturam Luís Schiffer. Durante o caos e a confusão, Samira, desorientada pelo gás, permanece paralisada pelo pânico.

No meio da fumaça, ela ainda consegue observar que os terroristas estão usando armas de fogo. Mais à frente, consegue distinguir Luís sendo carregado desacordado para fora do local.

No auditório, as pessoas tentam fugir de forma desorganizada, tropeçando umas nas outras. Samira tenta caminhar até a saída, mas, asfixiada pelo efeito do gás, cai no chão, exausta, perdendo os sentidos.

Após alguns minutos, as equipes de resgate entram em ação, prestando auxílio médico às vítimas. Entre elas, está Samira, que percebe a aproximação do socorrista que lhe presta os primeiros socorros, mantendo-a com uma máscara de oxigênio para desintoxicá-la. Mesmo sem vítimas fatais, o atentado chocou o mundo e gerou uma onda intensa de protestos e repúdio.

A brigada de ação tática de Nova York prontamente transfere as vítimas do atentado para os maiores hospitais da cidade. A maioria segue internada, apresentando um alto grau de intoxicação causada pelas bombas.

Durante os dias de internação hospitalar, Samira tem a oportunidade de refletir sobre a vida. O choque emocional do atentado a fez relembrar dos traumas e feridas do passado.

Ela se lembrou da infância e de seu pai, Faissal Akeen, imigrante de origem síria que foi aos Estados Unidos da América em busca de uma nova oportunidade de vida.

A fim de naturalizar-se cidadão norte-americano, ele se casou com Heather, de forma arranjada e forjada por interesses socioeconômicos. Para não levantar suspeitas das autoridades migratórias, ambos teriam que conviver sob o mesmo teto até a aprovação da cidadania de Faissal.

Contudo, nesse meio tempo, algo não planejado aconteceu: Heather engravidou após dois meses de casamento. Sendo assim, a comprovação de paternidade acelerou o processo de aprovação da cidadania e Samira nasceu no final daquele mesmo ano.

O casal, encantado com o nascimento da menina, decidiu manter o arranjo matrimonial mesmo ciente das diferenças culturais e incompatibilidades. Além disso, Faissal era um homem muito religioso, e manter um casamento com uma mulher não muçulmana causava conflitos entre seus pares e familiares.

O primeiro embate entre o casal foi o nome da criança, e a opção mais viável foi chamá-la de Samira Cristina. As diferenças entre os dois eram gritantes, gerando cismas, disputas e brigas frequentes.

Com sua visão ultraconservadora e machista, Faissal não tolerava que a esposa, ou qualquer membro de sua família que não fosse homem, trabalhasse. Heather não aceitava as imposições do marido, e os conflitos e a falta de comunicação se agravavam dia após dia.

Não bastasse isso, Faissal nutria um ciúme doentio por ela, encontrando supostos motivos de traição. A desconfiança por vezes tornava-se agressividade, que aos poucos passou da forma verbal para a física.

O abuso se tornou cada vez mais frequente e, num desses momentos de ira, Faissal, transtornado, agrediu Heather. Ela escorregou, bateu a cabeça na quina de uma mesa, e o ferimento foi fatal.

Naquele dia, Samira Cristina presenciou tudo: a morte da mãe e a prisão do pai, que após o julgamento recebeu a sentença de trinta e cinco anos de prisão por homicídio culposo, sem intenção de matar, com o agravante de violência doméstica.

Na época, Samira era apenas uma criança e foi acolhida por parentes de sua mãe. Em questão de dias, a vida da menina tinha se transformado dolorosamente num turbilhão de situações novas e desafiadoras.

Com o passar do tempo, ela foi se adaptando e aprendendo a ser uma pessoa independente. Com dezessete anos, saiu de casa para trabalhar e estudar. Sua determinação era bem maior que suas frustrações e problemas, por isso, depois de concluir o *high school*, conseguiu entrar no curso de Direito em uma prestigiada universidade. Nesse período, Samira conheceu as duas grandes paixões de sua vida: a advocacia e o futuro marido, Jason.

Por presenciar as diversas brigas de seus pais e a perda inesperada da mãe, Samira se tornou um tanto retraída para relações amorosas. O medo de conquistar e, principalmente, perder o afeto de quem se ama criava um impasse em seu coração. Contudo, Jason foi capaz de transformar essa ferida emocional: ele compreendeu seus medos, dores e frustrações e a apoiou nos momentos mais críticos.

Com o passar dos anos, o casal se estabeleceu com amor e apoio mútuo, ansiosos por formarem a própria família. Depois de formada, Samira iniciou uma carreira meteórica, tornando-se uma advogada brilhante e reconhecida, enquanto Jason trabalhava em casa, em *home office*.

Com uma certa estabilidade econômica e anos de convivência sob o mesmo teto, eles optaram pelo casamento e o planejamento familiar: assim tiveram o primeiro filho, Kim, depois Grace e, por fim, Hollie.

O casal se desdobrava para dar atenção às crianças, mantendo, ainda, os compromissos profissionais. Até que Samira recebeu uma proposta de emprego irrecusável, em outra cidade: o salário seria o dobro, para compensar a mudança. Em comum acordo, ambos toparam trocar Nova York por Miami, mas o que a princípio parecia uma boa ideia e uma compensação econômica começou a afetar o relacionamento do casal.

As discussões começaram em parte porque Samira teria que trabalhar o dobro de horas, ausentando-se de casa a semana toda devido aos inúmeros compromissos profissionais. Por outro lado, Jason não era capaz de cuidar adequadamente das crianças e trabalhar ao mesmo tempo. Mesmo contrariado, ele aceitou abandonar o trabalho e suas ambições profissionais por um período, visto que o salário dela era mais do que suficiente para cobrir todas as despesas.

Com o passar do tempo, as brigas e a falta de comunicação entre o casal se tornaram frequentes. A gota d'água foi quando Samira aceitou uma nova oferta de emprego em Nova York, no conglomerado Schiffer & Sons Co. Por mais que Jason compreendesse e apoiasse a decisão dela, a família não conseguiu manter-se unida, devido ao ritmo frenético de trabalho e à falta de convivência familiar.

Assim, quando Samira se mudou para Nova York, o casamento acabou. Em comum acordo, o ex-casal concordou em compartilhar a guarda das crianças. Cansada e frustrada por não conseguir manter a família dos sonhos, ela mergulhou de cabeça no trabalho.

Em pouco tempo, concentrando toda a energia e atenção no crescimento profissional, tornou-se uma das mais brilhantes advogadas coorporativas de Nova York, conquistando a credibilidade da diretoria da Schiffer & Sons Co., e principalmente a confiança do CEO Luís Eduard Schiffer.

Assim, ela se tornou peça-chave e uma das principais assessoras do conglomerado, e era total sua devoção e admiração pelo visionário e empreendedor presidente.

Profissionalmente, Samira tinha muitas conquistas e prestígio, porém existia um vazio em sua vida que ela mesma não conseguia explicar. Tinha conquistado tudo que alguém pode desejar: família, filhos, sucesso profissional, dinheiro e poder, mas algo em seu íntimo não estava bem. Ela buscou ajuda profissional com psicólogos e psiquiatras, mas sua dor e vazio eram a cada dia mais profundos. Em busca de respostas, Samira decidiu ir atrás de suas origens muçulmanas e religiosas.

Com a ajuda de parentes mulçumanos e de um imã, guia espiritual dessa religião, a advogada iniciou o estudo do Alcorão, o livro sagrado do Islã. Afinal, desde a morte trágica da mãe e a prisão do pai, ela havia se afastado de suas raízes, por isso optou por refazer uma imersão na cultura e na religião muçulmanas. Após muitos anos em busca de respostas, Samira se converteu ao islamismo e finalmente encontrou a espiritualidade.

CAPÍTULO IV
O ATENTADO

VATICANO — ANO 2095 — CINCO DIAS APÓS O ATENTADO À ONU

No Vaticano, o Papa, os bispos e demais membros do alto escalão da Igreja Católica estão reunidos para o extraordinário Concílio Papal. Durante as próximas semanas serão realizadas inúmeras conferências para debater as propostas de mudanças na estrutura organizacional da Igreja, principalmente os pontos divergentes que não foram solucionados desde a grande reforma implantada em 2080.

Uma multidão de fiéis está de vigília na Praça de São Marcos, atenta às resoluções e acompanhando as missas celebradas, enquanto as emissoras de televisão de todo o mundo cobrem as notícias em tempo integral.

Giuseppe II é considerado o Papa mais carismático que a Igreja Católica já teve. Ele detém uma enorme popularidade entre os fiéis, além da simpatia da maioria da população não católica. O esforço pessoal em conciliar as divergências internas da Igreja e pacificar as tensões entre as religiões no mundo foi determinante para a sua popularidade.

O Papa Giuseppe II tinha sido o responsável por modernizar a Igreja Católica, e muitos fiéis afastados iniciaram um movimento de reaproximação e fortalecimento da instituição. Com isso, a Igreja Católica expandiu o próprio crescimento, ampliando sua influência tanto no meio religioso quanto no meio político: qualquer intervenção, auxílio na mediação de conflitos mundiais e todas as grandes decisões geopolíticas passavam obrigatoriamente pelo Vaticano. Sendo assim, qualquer evento que aconteça nesse pequeno país é acompanhado com interesse pelas nações.

Em um bairro próximo, vive o Padre Francesco, que pertence a uma pequena paróquia da cidade de Roma. Tido em alta estima pela população, ele é considerado o principal pregador e conselheiro da região, prestando auxílio e incentivando a resolução de problemas na comunidade.

Além disso, durante anos, o padre mantinha em funcionamento um centro de auxílio a refugiados. Para manter o trabalho assistencial e o próprio sustento, Francesco trabalha como guia turístico em excursões programadas no Vaticano e aos arredores de Roma.

Com o advento do concílio, os passeios estavam lotados por turistas ávidos por conhecerem melhor a cidade. As excursões seguiam um itinerário preestabelecido, visitando os pontos turísticos mais famosos de Roma: o Coliseu, as catacumbas, a Villa Borghese, o Fórum Romano, o Panteão e a Via Ápia. No final da tarde, Francesco guiava os turistas na cidade do Vaticano, pelo Castelo de Santo Ângelo, a Basílica de São Pedro e a Capela Sistina.

Utilizando a sua expertise e a influência de um amigo local, Francesco conseguia liberar o acesso a locais turísticos dentro do Vaticano fora do horário normal de visitas. Por isso, suas excursões eram muito famosas e disputadas.

Nessa tarde, como tantas outras antes, o horário de visitas normal já havia se encerrado, mas o grupo de turistas guiado por Francesco permanece paciente na entrada da Praça de São Pedro.

Enquanto ocorre uma revista de segurança rigorosa dos turistas, Francesco nota uma movimentação incomum nos arredores, em que seis pessoas uniformizadas aparentemente cuidam da limpeza das ruas adjacentes.

Como Francesco conhecia praticamente todos os funcionários do Vaticano, estranhou não reconhecer entre aquele grupo qualquer rosto conhecido. Talvez, o adiantado da hora e o cansaço tenham minado a percepção do padre, mas mesmo assim ele notou algo ainda mais inesperado: conforme os supostos funcionários passavam pelas câmeras de segurança do local, os aparelhos simplesmente desligavam.

Sabendo que o Vaticano era um dos lugares mais bem vigiados e seguros do mundo, sendo um dos primeiros países a adotar o sistema SIMM de segurança, Francesco simplesmente atribuiu ao contratempo uma falha pontual e momentânea do equipamento.

Seu pensamento foi interrompido quando Pirlo, guarda do Vaticano e amigo de Francesco, chamou a atenção do padre, avisando que o grupo de turistas havia passado na inspeção e estava apto a adentrar a praça.

Sem pensar mais no ocorrido, Francesco conduz o grupo de visitantes pela parte lateral da Basílica de São Pedro até a porta de acesso à Capela Sistina. Dentro do magnífico edifício, todos se emocionam com os afrescos de Michelangelo, Rafael, Pietro Perugino e Boticelli, enquanto Francesco faz uma explicação detalhada sobre a estrutura da capela, inspirada no Templo de Salomão.

O grupo está atento às explicações históricas quando um estampido ensurdecedor é ouvido, acompanhado de um leve tremor no interior da capela, e uma fina poeira se desprende do teto e de alguns pontos da estrutura.

De repente, o alarme de incêndio soa e um pelotão de bombeiros e policiais adentram a capela, conferindo a situação em busca de feridos ou danos à estrutura. Nesse momento, Francesco atua como pacificador e tenta acalmar os ânimos do grupo: o mais importante é que, apesar do susto, todos estão ilesos.

O grupo é conduzido até a delegacia do Vaticano, onde cada um dos integrantes é interrogado separadamente. Após horas de interrogatório, os turistas são por fim liberados e escoltados até o hotel, onde devem permanecer até segunda ordem, aguardando uma autorização policial para deixarem a cidade.

Na saída, Francesco reencontra Pirlo e pergunta:

– O que houve, meu amigo? Que barulho foi aquele?

– Pelo que já foi apurado, houve um atentado terrorista dentro do Vaticano!

– Mas como isso é possível? Aquele barulho foi uma explosão?

– Sim, foi uma explosão! Infelizmente, neste momento eu não posso falar mais nada. Fui instruído pelos meus superiores a ser discreto e não comentar qualquer detalhe. Desculpe-me, amigo, conversamos uma outra hora.

Os dois se despedem e Francesco tem dificuldade de assimilar o absurdo da situação. Naquela noite, o padre acompanha incrédulo os noticiários: as ações do ataque terrorista são simuladas exaustivamente, mostrando o passo a passo da operação.

Duas bombas foram detonadas ao mesmo tempo: uma na Praça de São Pedro, que ficou parcialmente destruída; parte dos monumentos, colunas e a entrada principal da Basílica de São Pedro foram atingidas. Frases pintadas em vermelho foram escritas por toda a praça em letras garrafais, que podiam ser lidas com clareza:

"Não terás outros deuses diante de mim"
"Não farás para ti imagens de escultura"
"Não tomarás o nome do senhor teu Deus em vão"
"Lembra-te do dia do sábado para santificar"
"Honrará teu pai e tua mãe"
"Não matarás"
"Não adulterarás"
"Não furtarás"
"Não dirás falso testemunho"
"Não cobiçarás a casa nem a mulher do próximo"

A outra bomba explodiu dentro do Banco do Vaticano. Na frente do edifício destruído, outra frase pintada de vermelho foi inscrita no chão:

"*Não furtarás*"

Na televisão, as frases são traduzidas em diversos idiomas. Francesco identifica os Dez Mandamentos escritos na Bíblia, no Velho Testamento, que retrata o Êxodo do povo hebreu da fuga do cativeiro no Egito.

O padre imagina que, independentemente de quem fossem aqueles terroristas, eles estavam tentando atacar a Igreja Católica em seus princípios morais e éticos, bem como no ponto crucial para qualquer instituição: o financeiro. No entanto, como foi possível ocorrer tal ataque? E mais: a segurança do Vaticano não detectou os invasores?

Havia muitas perguntas sem respostas, e muitas especulações começaram a surgir: o atentado tinha o intuito de ferir as pessoas? Ou somente a instituição? Apesar de não haver mortos, nem feridos, nem qualquer subtração ou roubo de valores, o atentado ao Vaticano havia chocado o mundo, estremecendo ainda mais as complexas e frágeis relações geopolíticas entre as nações.

Finalmente, após o dia exaustivo, Francesco decide se render ao cansaço. Porém, antes de desligar a televisão, um boletim extraordinário é transmitido:

"Ao lado da Praça de São Marcos, um edifício foi destruído, atingindo também uma loja de suvenires, que ficou danificada com a explosão. Com a vibração do prédio, parte da estrutura do teto desabou e acabou atingindo um casal que estava no local. Somente um menino de doze anos, filho do casal, sobreviveu. As duas mortes foram confirmadas pela polícia."

Nesse momento, Francesco se aproxima da tela e reconhece as duas vítimas. As lágrimas escorrem por seu rosto. De imediato, ele pega o casaco e sai correndo em direção ao distrito policial.

Chegando ao local, ele se identifica como o responsável pela instituição de acolhimento a refugiados, onde o casal morto trabalhava. Então, Francesco é encaminhado ao delegado Giacomo, que o interroga:

– Boa noite, Padre Francesco. O senhor é parente ou amigo das vítimas?

Francesco responde com muito pesar:

– Sim, senhor delegado. Dinesh e Maya são mais que amigos meus, eu os recebi em minha casa de acolhimento para refugiados, há mais de vinte anos. Quando eles vieram para a Itália, não tinham para onde ir, todos os parentes próximos haviam morrido no último conflito civil no seu país de origem. Eles trabalharam comigo durante anos, recebendo e confortando outros refugiados como eles. Eu estou sem palavras... Eles eram pessoas maravilhosas, é uma perda terrível.

Limpando as lágrimas do rosto, Francesco completa:

– Eu acredito que agora sou o único responsável por esse pobre menino assustado. Eu poderia falar com ele, por favor?

O delegado avisa com pesar:

– É claro, padre. Antes disso, preciso lhe contar que o menino parece estar traumatizado. Ele presenciou a morte dos pais e desde então não falou uma palavra, nem mesmo o próprio nome.

Ciente da situação, Francesco respira fundo, faz uma prece silenciosa e age como de hábito: passa uma das mãos carinhosamente na cabeça do menino e o acolhe dizendo: – Sinto muito, Raj.

NOVA YORK

No escritório da empresa Schiffer & Sons Co. em Nova York, Thomas, advogado e o segundo no comando do conglomerado, assiste ao noticiário sobre o atentado do Vaticano. Durante a reportagem, o jornalista comenta detalhes sobre o casal indiano morto na explosão.

Após a matéria, Thomas comenta com o assistente:

– Eu acho que essa casa de acolhimento, a Buona Speranza, recebe ajuda da fundação Schiffer. Nós precisamos confirmar isso imediatamente, Karl. Essa pode ser uma ótima oportunidade para tirarmos proveito da situação: vamos trazer esse menino até Nova York.

O assistente, empolgado com a ideia, indaga:

– É uma ótima ideia! O senhor deseja que eu programe a vinda do menino para cá?

– Sim, o mais rápido possível. Esses terroristas devem ser os mesmos que sequestraram Luís, e nós podemos usar esse fato a nosso favor. Vamos fazer uma intensa publicidade com esse menino. Tenho certeza de que a imagem desse pobre órfão vai angariar muita simpatia. Porém, primeiro precisamos encontrar Luís vivo e trazê-lo de volta, ou nada disso valerá a pena!

CAPÍTULO V
ZELOTES

Paulo estava inconformado com os noticiários: não havia qualquer menção ao tiroteio ou às bombas; o ataque terrorista tinha sido reduzido a um mero tumulto em frente ao Palácio da Guanabara e citado apenas como um ato que foi inibido pela ação rápida e eficaz da Polícia Militar do Rio de Janeiro.

O acobertamento dos fatos na mídia e a falta de informação sobre o grupo terrorista Zelotes fizeram com que Paulo contestasse até que grau aquela supressão da verdade era aceitável em prol da segurança nacional. Por conta própria, contrariando a ordem direta do comandante geral, ele decidiu investigar no banco de dados da polícia militar qualquer informação sobre o grupo terrorista.

Após uma extensa pesquisa, o policial ficou consternado ao descobrir que nem a abordagem, nem mesmo a operação haviam sido registradas no sistema, e não havia uma explicação plausível para o ocorrido: mesmo havendo um apagão no sistema SIMM durante a operação policial, o caso ainda ficaria registrado no banco de dados. Porém, os arquivos sobre o ataque terrorista e o grupo Zelotes eram inexistentes.

Inconformado, Paulo recorreu ao banco de imagens e constatou, surpreso, que a abordagem policial continha poucos trechos, e com muitas falhas de gravação, mostrando a praça em frente ao Palácio da Guanabara e os transeuntes. Contudo, foi tempo suficiente para Paulo identificar uma característica de um dos terroristas. Aplicando o *zoom*, em diversos *frames*, o policial constatou que no pulso esquerdo de um dos suspeitos havia uma espécie de mancha na pele. Após a ampliação exaustiva da imagem, foi possível identificar um símbolo inteligível.

Seguindo a pista, Paulo aciona um sofisticado programa de tradução, na intenção de obter possíveis significados. Após minutos de processamento, o tradutor informa que aquele símbolo corresponde a uma sequência de letras escritas em aramaico, que significam: YHWH EX20.

Intrigado com a descoberta, Paulo reflete: qual seria a intenção do terrorista? Por que ele gravaria na própria pele um símbolo inteligível? Seria uma assinatura? Um código de identificação? Será que todos os terroristas do grupo Zelotes tinham esse mesmo código tatuado?

Aquela pista era um enigma que valia a pena investigar. Por isso, o policial dá início às pesquisas, constatando que o aramaico foi uma língua semítica usada pelo povo hebreu na região da Palestina, sendo um ancestral do alfabeto hebraico moderno muito utilizado na Antiguidade.

Já a palavra formada pelas letras YHWH tem a seguinte tradução: Yahweh, sinônimo hebraico que representa o nome sagrado de Deus, ou Emanuel, Elohim, Adonai, Jeová Shalom, Criador.

Paulo se questiona: por que os terroristas utilizariam uma tatuagem com o nome de Deus em aramaico? Qual ligação esses símbolos e os Zelotes teriam?

Na pesquisa sobre Zelotes, o policial descobre o que a palavra significa: aquele que zela pelo nome de Deus, e "zelota" quer dizer imitador, admirador, zeloso, seguidor. Já a pesquisa sobre os caracteres "EX20" é infrutífera e não há qualquer explicação.

Por associação, Paulo supõe que Yahweh e Zelotes, assim como as letras e números na tatuagem, de algum modo têm relação com os costumes e crenças antigas do povo judeu.

Tentando decifrar o enigma, o policial recorre a um grande amigo de seus pais, um especialista renomado em História e Línguas Antigas: Jacob Seber.

Agora com noventa e três anos de idade, Jacob dedicou grande parte de sua vida ao ensino. Como professor, lecionou sobre os costumes e tradições de povos antigos, principalmente do povo hebreu, em diversas universidades pelo mundo. Sendo assim, não havia ninguém melhor para esclarecer dúvidas sobre o intricado assunto.

Paulo entra em contato com a Universidade de Jerusalém, onde Jacob ainda atua como professor emérito. Após algumas horas, o professor responde à ligação:

– *Shalom*, Paulo! Filho dos amados Waldomiro e Marta. Como você está? E seus pais? Há muitos anos não nos falamos, como o tempo passa! Eu lamento muito ter perdido contato, mas tenho ótimas recordações do Rio de Janeiro.

A amizade de Jacob com os pais de Paulo surgiu durante um curso de História das Civilizações Antigas que ocorreu no Brasil, ministrado pelo professor emérito. Valdomiro e Marta sempre foram muito religiosos e dedicados ao estudo das civilizações antigas e da Bíblia.

Sempre que Jacob visitava o Brasil, o afeto entre os amigos se expandia durante as horas de estudo das Escrituras Sagradas. Infelizmente, após anos de amizade, Jacob sucumbiu a uma profunda depressão e se afastou, rompendo o contato entre eles.

Paulo ficou constrangido pelas palavras de Jacob, sentindo-se culpado ao lembrar que há muito tempo não falava com os pais. Foi logo mudando de assunto e ponderou:

– Desculpe incomodá-lo, mas tenho algumas perguntas. Acredito que o senhor, que tem vasto conhecimento no assunto, possa me auxiliar nas minhas dúvidas. O senhor já ouviu falar sobre uma seita terrorista chamada Zelotes?

– Meu filho, tudo que sei é que esse grupo terrorista pode ter alguma similaridade com a antiga seita dos zelotes. A seita original existiu durante o século I, em Jerusalém, na mesma época em que Jesus viveu. – Após uma pausa, Jacob retoma. – É possível que alguns ideais dos antigos zelotes tenham sido reinterpretados, e até mesmo incorporados aos atuais Zelotes. A antiga seita seguia as Escrituras Sagradas e as profecias de um modo rigoroso, não aceitando qualquer domínio ou intervenção de um governo estrangeiro sobre a sua comunidade. Por isso, viviam em constante conflito com reinos invasores, tendo uma relação tumultuada e violenta com o Império Romano, que dominava a região da Palestina. Mesmo naquela época, já eram considerados terroristas, porque lutavam para se libertar das leis e da opressão de Roma com a intenção de derrubar o Estado em prol do povo, livre de qualquer invasão estrangeira. Os antigos zelotes também acreditavam na vinda de um messias, que novamente estabeleceria o reino de Israel. Infelizmente, hoje em dia ninguém mais se interessa por esse tipo de assunto. Mas por que você está me perguntando sobre isso?

– Eu tive um incidente com uma célula terrorista aqui no Brasil. Também encontrei algumas semelhanças entre os atentados da ONU e do Vaticano. Inclusive, é bem possível que os três atentados tenham sido cometidos por diferentes células do grupo Zelotes.

– *Baruch há bab'shem Adonai*, bendito os que vêm em nome do Senhor. Que loucura, meu filho! Como isso foi acontecer? Você está bem?

– Está tudo bem, mas preciso reunir o máximo de informações. O senhor poderia me passar mais algum material sobre os antigos zelotes?

– Sim, claro! Vou enviar todos os artigos e estudos que tenho realizado sobre os costumes e tradições desse grupo. Vou mandar também uma tradução atualizada do Pentateuco Hebraico, para que você possa entender mais sobre a cultura do povo judeu daquela época e trechos da Bíblia Cristã para leitura.

Por fim, Paulo faz um pedido:

– Estou enviando uma imagem, não é muito nítida, mas é possível identificar no braço de um dos terroristas uma tatuagem, na qual está escrito "YHWH EX20". O senhor sabe o que essa inscrição significa?

Após analisar a imagem, Jacob declara:

– Meu filho, "YHWH" é uma das traduções para a palavra "Deus". Já as letras e números "EX20" talvez representem um dos livros do Pentateuco, o livro sagrado judaico, e pode significar a indicação de algum versículo como: Êxodo/Capítulo 20. Mas não tenho certeza, é apenas um palpite!

Paulo agradece a disposição e a ajuda do professor e encerra a ligação. Do outro lado, Jacob fica pensativo ao contemplar uma medalha adornada, pendurada em uma bela moldura. Aquela medalha representava um dos momentos mais marcantes de sua vida: o reconhecimento de seu esforço e dedicação para a resolução de um dos maiores conflitos da humanidade.

ISRAEL – MUITOS ANOS ANTES

Quando completou dezesseis anos de idade, o jovem Jacob serviu nas Forças Armadas israelenses. Com orgulho e dedicação, cumpriu o primeiro estágio de treinamento no exército, se destacando entre os novatos. Após esse período, foi recrutado para o destacamento de patrulhamento de fronteiras, e o trabalho de campo consistia na vigilância e monitoramento da fronteira norte, nas colinas de Golan, próximo à Síria.

Após algumas semanas, Jacob e seu parceiro Tales foram designados para uma nova tarefa: o patrulhamento de uma aldeia palestina na fronteira de Israel, distante quarenta quilômetros da base de apoio.

A missão consistia em acompanhar de perto o deslocamento de pessoas naquela região, que já eram monitoradas por drones, câmeras e patrulhas aéreas de reconhecimento. Sendo assim, qualquer movimentação incomum ou suspeita deveria ser informada imediatamente ao serviço de inteligência das forças israelenses.

Após um dia inteiro de patrulha sem nenhum incidente, os soldados decidiram investigar a área neutra da fronteira, sob jurisdição da ONU. A área era cercada por grades e arames farpados, assim, Jacob e Tales cruzaram o portão de segurança, percorrendo a pé uma estreita estrada de terra e adentrando o território para se certificarem da segurança do local.

Após alguns quilômetros, constataram um assentamento palestino nas proximidades e prosseguiram em direção à fronteira com a Síria. Ali, avistaram algumas vilas e subiram uma trilha por uma íngreme encosta. No alto do morro, encontraram uma casamata camuflada e bem reforçada, onde decidiram fixar um posto de observação: o local era perfeito para a instalação de câmeras de segurança e equipamentos.

Já anoitecia e os soldados permaneceram em campana, informando a central de apoio a privilegiada localização. Por volta das vinte e três horas, Tales observou uma movimentação incomum perto da encosta: um grupo de pastores estava circulando próximo a uma área restrita, cercada por arames farpados e placas de sinalização indicando a existência de minas terrestres.

Estranhando o comportamento do grupo, Jacob demarca a localização dos pastores mandando por GPS as coordenadas para a central de apoio. O grupo continua avançando pela área restrita, mas a topografia do lugar não facilita a observação do movimento: no aclive e declive da montanha, os pastores desaparecem da vista, fazendo com que os soldados tenham que sair da casamata e se exponham na encosta aberta.

Para restabelecer o contato visual, os soldados se deslocam para o leste, subindo ainda mais a encosta por uma trilha que se torna a cada passo mais estreita.

Não demorou muito para que Tales escorregasse na tortuosa trilha, fazendo com que pedras se deslocassem morro abaixo. Com agilidade, o soldado consegue se segurar e não despenca rumo ao precipício, mas o incidente revela a presença dos soldados aos supostos pastores.

De imediato, uma ofensiva é lançada: uma bomba é disparada por um morteiro, atingindo o local com incrível precisão. Jacob fica atordoado com a explosão e, ao recobrar a visão, constata horrorizado que o colega Tales jaz despedaçado pela trilha.

Mesmo com treinamento militar, o jovem entra em pânico, temendo por sua vida. Em desespero, Jacob tenta pedir socorro pelo rádio, mas tudo ao seu redor está queimado ou irremediavelmente destruído.

Em uma fração de segundo, um novo ataque é desferido, e por um milagre a segunda explosão não o atinge. Nesse momento, Jacob tenta se levantar e correr, porém uma dor aguda o paralisa: ele está ferido, com o rosto coberto de sangue e estilhaços de morteiro lhe flagelando o corpo.

Valendo-se do instinto de sobrevivência, ele se arrasta pela trilha morro abaixo, com o intuito de se desvencilhar do próximo ataque, que seria fatal. Com muito esforço, Jacob sai das vistas do grupo ofensor, fugindo na direção oposta.

Então, o jovem se despoja do equipamento pesado e caminha por quilômetros em direção à fronteira, encontrando abrigo no assentamento palestino. Já é madrugada, Jacob está ferido e exausto, quando cai de joelhos em frente a uma modesta moradia, implorando por socorro.

Mohamed Sait, morador do vilarejo e enfermeiro, presta os primeiros socorros ao soldado e aciona com prontidão o lado israelense da fronteira, informando o incidente. Logo, o Exército de Israel resgata Jacob, que é transferido e internado em um hospital da capital. A recuperação é lenta e dolorosa; além das cicatrizes, o soldado tem um tímpano estourado, três dedos da mão esquerda amputados e estilhaços na perna direita que afetaram com profundidade a musculatura, limitando sua mobilidade e, consequentemente, interrompendo sua carreira militar.

Durante o extenso período de recuperação, Mohamed fez visitas a Jacob, nascendo ali uma longa e profícua amizade. Meses após o incidente, uma nova missão militar localizou e capturou os membros do grupo rebelde sírio, sendo que dois extremistas foram mortos na operação. O grupo terrorista confessou suas intenções de defender o povo palestino contra a opressão, atacando Israel.

Após esse episódio, Jacob fez uma promessa: a partir daquele momento dedicaria sua vida para buscar uma solução que acabasse definitivamente com aquele conflito secular. Durante os anos de amizade e convivência, Jacob e Mohamed sempre discutiam sobre a situação de seus povos, concordando que um dos maiores problemas era a ala extremista religiosa, que nunca estava disposta a ceder. Mesmo assim, ambos sonhavam com uma solução pacífica para o conflito entre judeus e palestinos.

O dilema permaneceu durante muitos anos, até que as negociações avançaram em 2044, quando Jacob foi convidado pelo novo governo eleito em Israel para o cargo de ministro das Relações Exteriores. Do outro lado da fronteira, Mohamed Sait fazia parte do grupo de conselheiros do Estado Palestino.

Nesse mesmo período, o mundo ainda sofreu uma mudança significativa com a redução do uso do petróleo em prol de fontes de energias renováveis e alternativas. Sendo assim, diversos países produtores de petróleo perderam importância socioeconômica, e outros, que financiavam grupos extremistas, perderam a capacidade de financiamento e influência nessa questão, diminuindo a resistência para mudanças. Finalmente, após décadas de disputa, existia um ambiente favorável para o tão sonhado acordo de paz.

No dia 22 de julho de 2046, Shimon, primeiro-ministro de Israel, e Yassef, representante do governo palestino, assinaram o tratado que finalmente trouxe uma paz duradoura para os dois povos, confirmando a autonomia dos territórios de Israel e da Palestina.

Foi nessa época que Jacob viveu um dos momentos mais marcantes de sua vida, com a confirmação do acordo de paz. Além disso, eventos paralelos ajudaram a estabelecer um período de baixíssimo conflito entre outros povos no mundo, fazendo com que os índices de violência diminuíssem radicalmente. O mundo havia se tornado melhor, menos violento e mais igualitário, e Jacob se sentia orgulhoso em tomar parte disso.

Um cachorro latindo faz Jacob despertar das memórias e voltar ao presente. Ele aciona o comunicador e realiza uma chamada. Do outro lado da linha está Mark Zuket, que recusa a ligação discretamente porque está em uma reunião de trabalho.

A conferência está ocorrendo em Nova York, na sala de contenção de emergência do conglomerado Schiffer & Co., do qual Mark é o diretor de tecnologia e inovação, responsável pelo sistema SIMM.

A reunião é tensa, os conselheiros exigem explicações técnicas sobre o SIMM: como um sistema de segurança tão sofisticado havia falhado durante os três atentados terroristas? Como os terroristas haviam conseguido burlar a segurança? Seria uma mera coincidência? Qual tecnologia seria capaz deixar inoperante o SIMM? Seria sabotagem? Ou um erro operacional?

As perguntas eram muitas, e as respostas, escassas. Mark sente-se pressionado, e se as explicações não forem convincentes, ele e a sua equipe serão responsabilizados por erro operacional, técnico, facilitação de quebra de sigilo e segurança.

CAPÍTULO VI
O DONO DO MUNDO

LOCAL DESCONHECIDO — ANO 2095

Em uma sala vazia, adornada apenas com um balde e um prato de alumínio com restos de comida, está um indivíduo apático, que permanece sentado, encostado em um canto. Ele está mais magro, algemado, abatido e com a mesma roupa de quando foi sequestrado. A sala não tem janelas, e uma iluminação tênue pende do teto, além de uma luz vermelha piscante, indicando que o local está sendo monitorado por câmeras de segurança. Inconformado com a situação degradante, ele grita:
— Vocês não têm a menor ideia de quem eu sou e do que acontecerá a vocês! Eu sou Luís Eduard Schiffer e controlo tudo e todos, entenderam?

PARIS — ANOS ANTES

Em uma mansão estilo vitoriano, homens estão reunidos, bebendo e falando alto, enquanto jovens mulheres dançam seminuas. Alguns casais se beijam e tantos outros jogam cartas, consumindo champanhe e caviar. Em uma poltrona afastada do *rendez-vous*, um senhor elegantemente vestido, com uma taça vazia em mãos, está acompanhado de uma linda mulher de cabelos negros e olhos azuis, trajando apenas uma lingerie e um colar de diamantes. Ao lado dela, uma beldade negra remexe nos cabelos grisalhos do homem, que parece ser o dono daquela festa.

Com a cabeça baixa, um garçom de aparência indiana está prostrado em seu posto, até que o homem grita:

– Seu imigrante estúpido, não está vendo que minha taça está vazia? Quem você acha que paga o seu salário? Quem é o dono disso tudo? Me sirva mais champanhe, e não se atreva a olhar diretamente nos meus olhos!

O homem se chama Patric. Ele se vira para a bela mulher, Ivana, segurando-a pelo colar e pergunta:

– Minha russa predileta, qual surpresa me aguarda essa noite? Você sabe que não tenho o costume de presentear qualquer mulher com um lindo colar de diamantes.

Ela sensualmente passa os longos dedos nos lábios de Patric e responde:

– Pode confiar em mim! Eu planejei algo muito especial para você, Bubu!

O comentário faz o homem sorrir maliciosamente.

Patric Schiffer sempre foi um homem temido, controverso e influente no governo francês. Além de bilionário, era o fundador da Schiffer & Sons Co., empresa multinacional que atuava na exploração de minérios. Senador recém-eleito do parlamento francês, já tinha sido duas vezes deputado federal, atuando nos bastidores do poder. A sua permanência no governo tinha um único objetivo: conseguir vantagens econômicas ou acordos políticos para atender vontades pessoais e interesses de seu grupo empresarial.

Além de responder a inúmeros processos criminais por corrupção, principalmente em razão do crescimento suspeito de seu patrimônio, havia outros tantos por assédio sexual contra mulheres e um por pedofilia.

Mesmo assim, Patric Schiffer mantinha um estilo de vida de luxo e de excentricidades, sempre promovendo festas recheadas de mulheres, bebidas e drogas, mantendo uma reputação de mulherengo incontrolável.

Certa vez, em uma dessas festas babilônicas, Patric se envolveu com Ivana, uma prostituta russa, gerando um herdeiro. Um ano depois do nascimento da criança, Ivana entrou com um processo de pensão e queixa-crime por assédio sexual, pedindo uma indenização milionária. Contudo, o processo foi inexplicavelmente dissolvido, tornando-se apenas mais um maço de papel misteriosamente engavetado e inconclusivo.

Anos mais tarde, Ivana Schtolichenko foi citada em uma coluna de obituário de Paris: ela havia deixado um filho de cinco anos, o qual foi acolhido em um orfanato em uma cidade próxima à capital francesa.

Louis Schtolichenko, filho de Patric Schiffer com Ivana, era uma criança curiosa, extremamente inteligente e persistente. Quando completou treze anos, Louis ficou obcecado em descobrir a verdadeira identidade de seu pai. As únicas informações que ele tinha era uma carta escrita pela mãe, com poucos detalhes, e o colar de diamantes da herança.

Mesmo com a escassa informação, Louis começou a investigar e, pelo número de série dos diamantes, identificado por uma joalheria francesa, obteve o nome do homem que havia originalmente comprado o colar anos antes.

Ao descobrir que Patric Schiffer poderia ser seu pai biológico, Louis decidiu procurá-lo, mas não obteve sucesso. Com a ajuda da assistência social do governo francês, o jovem conseguiu na justiça o direito de contestar a sua filiação biológica. Logo, a promotoria pública acionou Patric Schiffer para a realização de um exame de DNA, que deu positivo, obrigando-o a assumir a paternidade, eximindo o governo francês da custódia do menor, além da pensão obrigatória para financiar as despesas de Louis até a emancipação.

Casado e pai de quatro filhos, Patric Schiffer, a contragosto, acatou a decisão da justiça francesa, assumindo a paternidade e a pensão do menor, para evitar a mídia e mais um escândalo envolvendo o seu nome. Por orientação de seus advogados, Patric decidiu enviar Louis para um rígido colégio interno, na esperança de abafar o caso.

Após alguns meses, em uma chamada inesperada do diretor do internato, Patric percebeu o grande potencial do jovem Louis. O QI do garoto era tão elevado que os professores tiveram que adiantar seu plano de estudo em quatro anos. Sendo assim, ao completar quinze anos de idade, Louis já tinha acumulado pontuação suficiente para cursar as universidades mais importantes da Europa.

No colégio interno, apesar de se destacar nos estudos, Louis era um garoto introvertido, reservado e com poucos amigos. Sua rotina era assistir às aulas, estudar finanças, filosofia, história e ler livros. Tinha o xadrez como único hobby, sendo um excelente enxadrista.

Seu melhor amigo chamava-se Pepe e tinha ascendência de uma família nobre e rica. Eles eram colegas de quarto, mas Pepe era o oposto de Louis: alto, bonito, extrovertido e popular.

Todos os alunos do colégio eram de famílias abastadas, e mesmo Louis sendo filho de um bilionário, ele se sentia deslocado. Afinal, ser filho de uma prostituta russa e um bilionário corrupto não ajudava em nada a sua reputação.

Sendo assim, o *bullying* era corriqueiro: os garotos e garotas faziam com que ele se lembrasse que não pertencia àquele lugar nem àquela classe privilegiada. Apesar de Pepe sempre defender Louis daquelas ofensas, as piadas de mau gosto começaram a surgir e foi dessa forma que a amizade quase acabou em uma tragédia.

Durante uma brincadeira com Louis, com a participação de Pepe, uma confusão teve início. Louis era conhecido por sua pontualidade nas aulas; mas um plano foi elaborado para que ele chegasse atrasado e recebesse uma punição, com perda de pontos, além de um corretivo do professor na frente de todos os alunos.

Para agradar os colegas, Pepe escondeu os livros de Louis antes que ele acordasse. Sendo assim, Louis procurou os livros sem sucesso, chegando com dez minutos de atraso para as aulas. Antes de entrar na sala e de cabeça baixa, ele pediu desculpas ao professor:

– Perdão pelo atraso, sr. Bouchê. Eu estava procurando meus livros, mas devo tê-los esquecido na sala de xadrez, que ainda está fechada!

– Seus livros estão em sua carteira, organizados como sempre, rapaz! Sente-se de uma vez! – ordenou o corpulento professor de história.

Cabisbaixo, Louis se dirigiu até seu lugar e se acomodou. Os garotos que fizeram a brincadeira o olharam, sorrindo maliciosamente, e Pepe não escondeu a cumplicidade na brincadeira.

Ao abrir o livro, Louis percebe que as páginas estão rabiscadas, adornadas com desenhos maldosos e frases escritas em vermelho: filho bastardo, fracote, aberração, entre outros. Nesse momento, toda a turma desata a rir, ciente da brincadeira. Com os olhos marejados, Louis fecha o livro e encara friamente Pepe, dizendo:

– Você realmente não me conhece, Pepe. Isso não vai ficar assim!

A turma gargalha ainda mais, enquanto o professor Bouchê, com a barriga avantajada, se aproxima da carteira de Louis. Então, ele olha para o professor e retruca:

– Me desculpe, sr. Bouchê, mas preciso me ausentar, porque estes não são meus livros. Eu prometo que amanhã lhe trago não apenas a tarefa de hoje, mas as tarefas de toda a semana.

Louis se levanta e caminha em direção à porta. Mas antes, ele se vira mirando os colegas e diz calmamente:

– Eu gostaria de me desculpar por atrapalhar a aula. Podem ter certeza, que isso nunca mais irá se repetir.

O professor Bouchê ainda tentou esboçar uma tentativa de reação, mas se calou assim que Louis fechou a porta.

Os dias se passaram e ninguém mais comentou sobre o ocorrido. Louis passava a maior parte do seu tempo na sala de xadrez e, quando ia para o dormitório, ignorava as tentativas de Pepe de puxar conversar e se desculpar. Após semanas, Pepe desistiu de se eximir da culpa, mudando de quarto, e Louis nunca mais teve outro colega de dormitório.

Em uma noite chuvosa, Pepe, entrando sozinho no vestiário, se surpreendeu com a aproximação de Louis. Portando um taco de basebol, Louis perguntou:

– Pepe, como tem passado, meu grande amigo?

Pepe nem teve tempo de responder: somente sentiu o impacto da madeira no alto da cabeça. O garoto se vê no chão sangrando, enquanto Louis começa a rodeá-lo como um lobo faz com sua presa, dizendo:

– Você poderia ter sido o meu o braço direito! Nós teríamos tudo e todos aos nossos pés, mas você é fraco e medíocre, como todos esses ratos esnobes. Que desperdício! Mas a culpa foi minha, o que me enfurece ainda mais! Você é descartável, não serve para nada, é apenas uma pessoa fútil querendo ser popular! Fui tolo de acreditar que você pudesse enxergar o meu potencial e quem realmente sou! Mas não, você não sabe de nada, é igual a todos os outros. Você me traiu para ganhar a aprovação deles.

Pepe percebe a fúria nos olhos de Louis, enquanto o sangue jorra por seu rosto, e implora:

– Louis, por favor! Eu não sabia que eles iriam escrever aquelas coisas contra você, foi só uma brincadeira!

– Além de tudo é um covarde! E não tem coragem de assumir os próprios erros!

Nesse momento, Louis acerta mais um golpe nas costas de Pepe, que grita de dor e fica sem reação.

– Acho melhor não abrir a boca contra mim. Se isso acontecer, algo muito ruim se passará com você! Não vou ser tão contido como hoje, entendeu?

Pepe balança a cabeça afirmativamente, concordando com as condições, enquanto Louis foge sorrateiro pelo corredor escuro.

Naquela mesma noite, Louis acompanha o resgate de Pepe, que é mandado para o hospital. Após uma semana de internação, Pepe muda de colégio e justifica o ocorrido como um acidente, dizendo que escorregou sem querer. Contudo, os boatos entre os alunos se espalharam, e Louis nunca mais foi incomodado por ninguém.

No ano seguinte, ao completar dezesseis anos de idade, Louis dá início a sua primeira empresa de desenvolvimento de software, criando um aplicativo revolucionário na área de segurança para indústrias. O sucesso do programa foi tão grande que um investidor suíço ofereceu um milhão de euros por ele.

Patric Schiffer, atento ao crescente mercado, cobriu a oferta: além de um milhão e quinhentos mil euros para Louis, ofereceu a participação em uma de suas empresas, assumindo oficialmente o rapaz como seu filho. De imediato, Louis aceitou a proposta do pai, e, assim, Louis Schtolichenko mudou seu nome, tornando-se Luís Eduard Schiffer.

Depois de algum tempo, Patric Schiffer começou a ficar incomodado com o crescimento e a influência de Luís no conglomerado. Em pouco tempo, Thomas Dickinson, um homem de poucas palavras, advogado e conselheiro, habituado a resolver problemas escusos da empresa, informou-lhe que uma das mineradoras estava com as operações suspensas por desacordo com as leis ambientais e trabalhistas.

Nesse momento, Patric percebeu uma oportunidade ímpar para retirar Luís da matriz da empresa, enviando-o à Guiana Francesa como o novo responsável administrativo da Guiana Minérios S.A.

Não tendo ciência da real situação da empresa, Luís aceitou com orgulho o cargo de confiança. Após o primeiro ano de administração, ocorreu um grave acidente ambiental: uma barragem de dejetos de minério se rompeu, causando uma lama tóxica que comprometeu todo o ecossistema da Guiana.

O acidente incitou indignação global, causando a devastação de rios, florestas e plantações, além da morte de milhares de animais e centenas de pessoas. Sendo assim, um inquérito foi instaurado para determinar a responsabilidade da Guiana Mineradora S.A. no ocorrido.

Após meses de julgamento, Luís foi considerado culpado de crime ambiental, poluição por resíduos tóxicos, falta de licença de operação, não cumprimento das leis trabalhistas, suborno e morte não intencional de uma centena de pessoas.

Luís passou cinco anos na prisão em regime fechado e mais dois anos em regime semiaberto. Além disso, foi condenado a pagar uma multa milionária de indenização aos familiares das vítimas e ao governo da Guiana pelo desastre ambiental.

Durante o período de reclusão, Patric faleceu, deixando Luís fora do testamento. Após o cumprimento da sentença, ele estava falido, obrigado a recomeçar do zero.

Foi nesse panorama que Luís começou a vislumbrar um plano de vingança contra as pessoas que o haviam prejudicado, incluindo os familiares que orquestraram a retirada dele do direito à herança do pai. Uma longa batalha judicial teve início: Luís processou os meios-irmãos e duas ex-mulheres de Patric, inclusive recorrendo a agiotas, extorsões e contrabando para cobrir as custas do processo.

Por sorte, a família Schiffer nunca gostou de Thomas Dickinson e o demitiu após o falecimento de Patric. Para Luís, foi o momento crucial para torná-lo um aliado valioso, pois o advogado sabia de todas as irregularidades e segredos da família.

Foi apenas uma questão de tempo. Após muitas ameaças e chantagens para evitar a revelação pública dos podres da família, Luís acabou se tornando sócio e presidente da Schiffer & Co., com apoio majoritário dos acionistas da empresa.

A partir desse momento, o novo CEO promoveu no conglomerado a implantação de um centro de pesquisas de última geração, dando prioridade à criação de novas tecnologias ligadas a sistemas de fiscalização e segurança, resgatando seus antigos projetos. Foi assim que o embrião do sistema SIMM teve início.

Apesar da desconfiança da falta de eficiência do sistema e do pouco apoio dos acionistas, a primeira unidade do SIMM foi instalada em um município no interior da França com altos índices de violência.

O projeto-piloto se tornou um enorme sucesso devido ao seu alto grau de precisão e eficiência. Em um curto espaço de tempo, o sistema SIMM foi adotado em diversas cidades de vários países, tornando a Schiffer & Co. a empresa mais bem-sucedida na implementação de sistemas de vigilância e segurança do mundo.

Luís entendeu que, para atingir a máxima eficiência de seu projeto de controle e segurança, o poder público deveria fazer um trabalho legislativo em favor do desarmamento coletivo. Percebendo o grande potencial em publicidade, e principalmente na rentabilidade de seu programa, impôs essa mesma condição para todos os locais que adotariam o SIMM. Assim nasceu o grande tratado de desarmamento mundial.

Paralelamente ao sistema SIMM, Luís inteligentemente iniciou uma campanha mundial de conservação e preservação do planeta, com o intuito de ter a sua imagem associada a causas socioambientais. Ele rapidamente se tornou uma referência no apoio e financiamento de causas ambientais, convergindo esforços para aumentar ainda mais sua influência na promoção dos direitos humanos e na resolução de conflitos mundiais.

Com uma intensa campanha de marketing, Luís Eduard Schiffer se tornou uma figura pública mundialmente conhecida pela promoção do bem-estar social. O pano de fundo havia sido habilmente montado: o revolucionário pai do SIMM queria apenas o melhor para o mundo, e assim conquistava a cada dia mais influência e poder, a ponto de ser considerado o grande salvador da humanidade.

Para conseguir todos os seus objetivos e manter seu *status* em ascensão, Luís sabia que precisava de uma equipe ímpar e poderosa. Por isso, recrutou os mais renomados colaboradores para sua equipe pessoal, e entre eles estavam Mark Zuket – o menino prodígio que acreditava que a tecnologia resolveria todos os problemas do mundo – e Samira Akeen – mais brilhante advogada coorporativa, que jamais havia sido derrotada nos tribunais. Havia também seu braço direito, Thomas Dickinson, e seu chefe de segurança, Karl Kriguer.

Com o estrondoso sucesso do SIMM, Luís deu continuidade ao seu mais audacioso projeto: a conquista da Lua. A nova corrida pela colonização do satélite natural ocorreu após a descoberta de grandes jazidas de *livermorium*, um minério de amplo valor, pela agência espacial norte-americana.

Muitas empresas se prontificaram a prospecção e avaliação da viabilidade financeira para o projeto. A NASA foi a agência reguladora responsável por organizar e avaliar os detalhes operacionais, e a Schiffer & Co. era a principal candidata para vencer a licitação.

O ramo de minerações da Schiffer sempre foi um dos mais lucrativos segmentos do grupo; contudo, a exploração mineral lunar exigia um nível de complexidade ainda mais elevado.

Por isso, Samira redigia e se desdobrava para abranger todos os aspectos jurídicos dos contratos de prestação de serviço entre as quinze empresas participantes do projeto inicial, lidando diretamente com dez diferentes nacionalidades e suas legislações específicas.

Desse modo, Samira e sua equipe passaram os últimos quatro meses costurando o acordo junto aos grupos empresariais e governos responsáveis. Antes do prazo final, Luís marcou uma reunião com Samira e Thomas para discutir os detalhes:

– Samira, como está o andamento dos contratos de prestação de serviços da Schiffer junto à concessionária?

– Estão dentro do prazo, mas preciso esclarecer uma dúvida: em um dos contratos, na descrição do imóvel de moradias, consta a informação que a unidade prisional lunar tem três vezes o tamanho de todas as demais instalações juntas. Será uma falha no projeto?

– Não tem falha nenhuma.

– Mas, sr. Luís, vão existir mais celas do que pessoas trabalhando na Lua. Esse fator alteraria o tipo de serviço prestado, alterando, também, a responsabilidade da empresa nesse projeto. O senhor está de acordo com isso?

Irritado, Luís explica sem muita paciência:

– Sim! Nós teremos todos os tipos de pessoas trabalhando na Lua. Com certeza, algumas delas cometerão delitos e até crimes graves. Por isso, vamos precisar de um lugar adequado para a contenção de todos esses delinquentes.

Sem perder a oportunidade, Thomas completa:

– No futuro, nós temos a intenção de ampliar o recebimento de outros tipos de detentos. Essa prisão não será apenas uma prisão comum, será algo bem mais abrangente.

– Como assim "mais abrangente"?

Luís levanta uma das mãos e, impaciente, encerra a discussão:

– Neste momento, eu não posso dar mais detalhes, Samira. No entanto, posso afirmar que já existe um acordo confidencial visando a implementações futuras no projeto. Então, é importante que você trabalhe com as informações legais disponíveis e monte o contrato com a divisão de serviços. Qualquer outro detalhe específico será posteriormente acrescentado por Thomas.

Como esperado, um mês após a reunião, a Schiffer & Co. ganhou a licitação para exploração e manutenção do complexo na Lua.

CAPÍTULO VII
A PALESTRA

PRISÃO LUNAR — ANO 2098

Com um movimento discreto, Jacob exibe um pequeno equipamento eletrônico escondido na palma da mão e, quase sussurrando, confidencia a Paulo e Samira:

— Durante a última remessa de provisões para a base lunar, alguns amigos da Terra conseguiram nos enviar dois bloqueadores eletrônicos. Ao acionarmos esses dispositivos, nossa presença não será detectada pelas câmeras de segurança, e teremos trinta minutos para chegar ao Hangar I. O plano é nos escondermos no compartimento de carga para uma carona clandestina até a Terra! Ainda precisamos providenciar os suprimentos e o equipamento extra de proteção contra o frio, devido à baixa temperatura do porão de carga da nave. Você já conseguiu a informação certa sobre o horário de partida, Samira?

— Sim, está confirmado! O horário de partida será o habitual. Após o descarregamento dos suprimentos, a nave vai passar por limpeza e esterilização, sendo reabastecida. Os passageiros que vão retornar à Terra embarcam quinze minutos antes da decolagem. Daí o Hangar I é totalmente evacuado e só depois desse procedimento é que começa a contagem regressiva da partida. A próxima decolagem está programada para terça-feira, às três horas da manhã no horário lunar.

Jacob encara Paulo e pergunta:

— E o Vasquez?

Paulo, inquieto, responde:
– Ainda não tenho certeza se ele vai colaborar!
– Mas sem ele o nosso plano vai fracassar! Precisamos dele para retardar o alerta de fuga quando detectarem a nossa ausência na prisão.
– Hoje, após a reunião de estudos bíblicos, eu vou tentar convencê-lo a nos ajudar.
– Só tentar não é suficiente, meu amigo: o sucesso do plano depende disso!

Nessa noite, o auditório principal da prisão está lotado e os presos aguardam o início da palestra. Paulo começa:
– Muito obrigado a todos pela presença. Em especial, gostaria de agradecer o empenho do guarda Vasquez em convencer o diretor Lee a nos ceder esse local para os estudos bíblicos. O tema abordado nesta noite será a origem e o desenvolvimento das três maiores religiões monoteístas da história. Nos aprofundaremos nos conceitos do judaísmo, do cristianismo e do islamismo, que têm como base o mesmo Deus: o Deus único de Abraão. Para falar com maior profundidade e conhecimento sobre as características de cada religião, teremos dois convidados especialistas: o professor Jacob Seber, formado pela Universidade de Jerusalém e mestre em História da Antiguidade, será responsável em explicar o judaísmo; e Samira Cristina Akeen, advogada coorporativa, adepta e estudiosa do Islã, irá nos explicar sobre o islamismo. Por fim, para falar sobre o cristianismo, eu, Paulo Pinheiro Machado. Vamos começar com o professor Seber, por favor!
Jacob inicia a apresentação:
– Confesso que faz muito tempo que eu não falo em público. Acho que estou mais nervoso do que na primeira vez que fiz isso, e olhe que eu não sou tão velho assim!

Após arrancar risos da plateia, ele continua:

– Existe uma piada que pode ajudar a explicar a essência do povo judeu: "Onde há dois judeus conversando, há três opiniões diferentes". Isso demonstra claramente o quanto somos um povo unido em torno da cultura judaica, porém possuímos divergências nas interpretações e vertentes do judaísmo e suas diversas formas de praticá-lo. Para começarmos a entender essas nuances, temos que compreender que ser judeu significa ter nascido de uma mãe judia, isto é, ser judeu não é uma opção, é um regime matriarcal herdado geração após geração. Sendo assim, somos uma comunidade global de quatorze milhões de pessoas e podemos afirmar que pertencemos à religião monoteísta viva mais antiga do mundo. Para esta noite, eu preparei um breve resumo dos quatro mil anos de História do nosso povo: tudo começou com Abraão, nosso primeiro patriarca, com quem Deus fez uma aliança, prometendo que ele formaria uma nação próspera e numerosa. Da união de Abraão e Sara, nasceu Isaac, o filho prometido por Deus. Depois, Isaac se casou com Rebeca, tendo dois filhos gêmeos: Esaú e Jacó, o primogênito. Então, Deus abençoa Jacó pela sua perseverança e troca seu nome para Israel, que significa "aquele que lutou com Deus". Anos mais tarde, Israel se casa e tem doze filhos, sendo considerado o patriarca das doze tribos de Israel. Porém, o seu filho José, que causava muito ciúmes aos irmãos, foi vendido para comerciantes que o levaram como escravo para o Egito. Após muitos anos e com a benção de Deus, José se tornou vice-governador do Egito, perdoou os irmãos e os trouxe para morar na nova terra, dando início a uma grande comunidade. Quatrocentos anos se passaram, e o povo de Israel, que vivia livre, se tornou escravo do faraó do Egito. Foi então que Deus escolheu um hebreu, Moisés, para libertar o povo e reconduzi-lo para a terra prometida em Canaã. Moisés libertou o povo de Israel com a ajuda de Deus, e essa viagem, que teve duração de quarenta anos, nos dias de hoje é conhecida como o Êxodo. Durante esse período, Deus revelou para Moisés os Dez Mandamentos e as Leis Mosaicas, que são a base de nossa identidade como povo. Moisés escreveu boa parte do nosso livro sagrado: a Torá, composta pelo Pentateuco, que tem os livros Gênesis, Êxodo, Levítico, Números e Deuteronômio. Quem substituiu Moisés e entrou na terra prometida de Canaã foi Josué, e após Josué vieram os períodos dos grandes reis, como Saul, Davi e Salomão. E foi Salomão que construiu o nosso primeiro templo, no monte Mariah. Após Salomão, os reinos se dividiram e muitas brigas internas por poder acabaram com a unidade das tribos de Israel. Depois da ruptura, o grande rei Nabucodonosor da Babilônia invadiu as terras e escravizou a maior parte do povo hebreu. O tempo de exílio dos hebreus durou setenta anos e nesse período surgiram grandes profetas, como Jeremias, Ezequiel e Daniel. No final do exílio, o povo judeu voltou para Jerusalém, a terra santa, e reconstruiu o templo de Deus, que foi reformado e ampliado após muitos anos por Herodes, o Grande. Então, o Império Romano se tornou o maior da Antiguidade, controlando inclusive a Palestina. Nessa mesma época, ocorreu o nascimento de uma figura muito popular entre vocês, Jesus de Nazaré. No ano 70 d.C. houve a primeira revolta dos judeus contra o Império Romano. Os rebeldes são mortos, o templo é destruído e a maioria dos judeus é expulsa. Após esse evento, nunca mais o templo de Deus em Jerusalém foi reconstruído. Sendo assim, o povo judeu se dispersou, e durante dois mil anos habitamos outros países e regiões do mundo. As invasões islâmicas, as cruzadas e, por último, o domínio britânico foram o ponto principal para a recriação do estado de Israel, no ano de 1948. Durante todo esse tempo, mesmo com todos os problemas e reviravoltas que tivemos ao longo da história, nosso povo manteve a sua identidade e união graças à cultura judaica e à história, que são ensinadas de geração em geração pela Torá, nosso livro sagrado, porque até os dias de hoje acreditamos na promessa que Deus fez a Abraão.

Jacob termina sua apresentação agradecendo a atenção dos presentes. Em seguida, Samira sobe ao palco e inicia a palestra sobre o Islã:

– O Islã é um meio de vida. É simples, prático e fácil de compreender. Temos cinco pilares que devemos respeitar e seis artigos da fé islâmica que devemos seguir: primeiro, declarar que não há divindade senão Deus, e que Muhammad, ou Maomé, é seu mensageiro; segundo, fazer orações a Deus cinco vezes ao dia; terceiro, jejuar durante o mês islâmico do Ramadã, para desenvolver a consciência de Deus; quarto, fazer caridade aos pobres; e quinto, fazer uma peregrinação a Meca uma vez na vida. Já os seis artigos da fé islâmica são: um, a crença em Deus; dois, a crença em seus anjos; três, a crença em seus profetas, como Abraão, Ismael, Noé, Jacó, Jó, Elias, Davi, Salomão, Moisés, Jesus e, principalmente, Maomé; quatro, a crença nas escrituras sagradas, o Alcorão, revelado por Deus para Maomé; cinco, a crença na ressurreição, no dia do Julgamento, no Paraíso e no Inferno; e seis, a crença no decreto divino: Deus é onisciente e tem poderes sobre todas as coisas. Assim, se você acredita sinceramente, com todo o seu coração, nos cinco pilares e nos artigos da fé, você é um muçulmano. Simples assim! Para nós, muçulmanos, o Islã é uma religião muito simples, prática e equilibrada. As pessoas podem se comunicar diretamente com Deus, sem intermediários. Os reinos terreno e espiritual estão sempre muito próximos um do outro. Acreditamos que apenas o Alcorão permanece intacto em sua pureza. Abraão é nosso primeiro patriarca e gerou um filho chamado Ismael; para nós, muçulmanos, Ismael é o filho da promessa de Deus com nosso povo. Nosso maior profeta, Maomé, nasceu no ano de 570 d.C., e nesse período foi capaz de unificar as tribos e implantar a religião islâmica em toda região de Meca e Medina. Todos os seus ensinamentos foram inspirados por Deus e copilados no Alcorão, o nosso livro sagrado, que é utilizado como código de moral e justiça. Muito obrigada pela atenção de todos.

Então é a vez de Paulo, que inicia a palestra sobre o cristianismo:

– Cristianismo é a crença de que Deus se revelou em um homem: Jesus de Nazaré. Foi por meio dele que toda a humanidade, sem exceção, foi presenteada com a possibilidade de viver em plena comunhão consigo mesma, com o mundo e com Deus. Com Jesus, nós aprendemos a nos conectar com o reino de Deus e, pelos seus ensinamentos, podemos buscar o caminho da fé e da espiritualidade, nos libertando das amarras do mundo material. Jesus nos deixou dois mandamentos básicos e fundamentais: "Amar a Deus de todo o coração, de todo o entendimento e de toda força" e "Amar ao próximo como a si mesmo", presente no Evangelho de Marcos, capítulo doze, versículo trinta e três. Os ensinamentos de Jesus foram, e continuam sendo, muito maiores do que simples lições de moral e ética. É através Dele que temos acesso ao reino eterno de Deus. Naquela época, muitos de seus seguidores não entendiam esses ensinamentos e, confusos, achavam que Jesus tinha vindo para liderar uma revolta do povo judeu contra o Império Romano opressor. Porém, Jesus mostrou que o seu propósito era muito maior: a salvação de toda a humanidade. Isso gerou revolta e descontentamento nas pessoas que estavam interessadas em suas próprias regras e vontades pessoais, presas a conceitos e sistemas humanos, e não na vontade de Deus. Aliás, atitudes que presenciamos até os dias atuais. Jesus nunca criou uma religião, ele pregou o arrependimento dos pecados e o renascimento de um novo ser espiritual em cada um de nós. Seu sacrifício na cruz foi o ponto de ruptura de nossa maldição contra o pecado, e consequentemente, da morte. "Porque o salário do pecado é a morte, mas o dom gratuito de Deus é a vida eterna em Cristo Jesus, nosso Senhor", como é dito em Romanos, capítulo seis, versículo vinte e três. Por isso, independentemente da crença de cada um de nós, devemos refletir sobre os ensinamentos de Jesus e como isso afeta diretamente nossas escolhas diárias e nossas vidas. Deus nos deu o livre-arbítrio, a liberdade de decidirmos qual o estilo de vida que queremos ter. Essas decisões são individuais. Então, eu pergunto: de qual lado você quer estar? Do lado de Deus ou afastado dele?

CAPÍTULO VIII
A LEI

RIO DE JANEIRO – ANO 2095

Sem conseguir dormir, Paulo se levanta, lava o rosto e as mãos e busca na geladeira algo para beber. O alarme do BMH soa, informando que as horas de sono estavam incompletas. Ele olha para o implante em seu antebraço e reclama: "De novo, esse implante falando o que tenho ou não que fazer. Dane-se!".

Paulo, então, pega uma faca na cozinha a fim de arrancar o implante do antebraço, causando um ferimento exposto. Olhando atentamente o pequeno aparelho, ele distingue na parte de trás o famoso logo da Schiffer Medical Group. Sem pensar duas vezes, ele arremessa o aparelho contra a parede, estilhaçando-o.

Frustrado por estar tantos dias em casa se recuperando dos ferimentos que tinha sofrido durante o atentado terrorista, ficava mais irritado a cada dia por ter sido obrigado a se afastar do caso.

Mesmo assim, continuou de modo sigiloso suas pesquisas e descobriu que nos últimos três anos grupos terroristas e similares aos Zelotes estiveram agindo em diferentes locais ao mesmo tempo. Todos os ataques apresentavam um alto padrão de coordenação, obtendo sucesso no elemento surpresa.

Paulo não se conforma com a ausência de dados sobre o grupo nos arquivos policiais, até mesmo no banco de dados da Interpol. Ele se concentrou no estudo do material enviado por Jacob Seber para entender melhor o contexto histórico e o comportamento do grupo zelotes original.

Dessa maneira, tomou ciência de que, no grego antigo, zelote ou zelota significava "imitador", "admirador zeloso" ou "seguidor". Já em hebraico, a palavra "kanai" significava "quem zela pelo nome de Deus".

Inicialmente, os zelotes foram formados no século I como um grupo político religioso judaico que incitava o povo da Judeia contra os opressores romanos, com a intenção de expulsá-los com o uso da força. Fomentaram a Primeira Guerra Judaico-Romana, entre os anos 66 e 73 d.C.

A seita havia sido estabelecida no ano 6 d.C. por Judas, o Galileu, que liderou uma revolta contra o domínio romano. Porém, o seu maior legado foi conhecido como o Cerco de Massada. Após a destruição do templo judeu construído por Herodes em Jerusalém, rebeldes zelotes se instalaram na fortaleza de Massada, a qual também havia sido construída por Herodes como refúgio e moradia de férias, localizada em um monte em frente ao Mar Morto.

Consultando mais informações sobre o grupo, Paulo se deparou com os relatos do historiador judeu-romano Flavio Josefo, que descrevia com detalhes o comportamento típico daquela época e ideias que pareciam se encaixar perfeitamente no *modus operandi* dos atuais zelotes.

Uma das histórias que mais chamou a atenção de Paulo foi a de Simão, o Zelote, um dos doze apóstolos de Jesus. Não somente pela questão óbvia de Simão ter sido um zelote, mas principalmente pela sua transformação pessoal a partir da sua relação com Jesus.

Paulo não conseguia entender como Jesus de Nazaré, um simples carpinteiro, foi capaz de transformar uma pessoa tão focada como Simão. Por que Jesus tinha uma influência tão grande sobre as pessoas? Como Jesus havia transformado doze pessoas de personalidades tão diferentes, que não faziam parte da classe dominante da época, em pensadores e formadores de opinião? E ainda conseguiram multiplicar o conhecimento para milhares de pessoas no mundo, durante tantos anos?

Usando a Bíblia como referência, buscou mais informações sobre os zelotes. Logo se lembrou das letras e números da tatuagem gravados no braço do terrorista, "EX20" e, tentando fazer uma conexão, consultou o livro do Êxodo, capítulo 20. Para sua surpresa, o capítulo descrevia as leis de Deus e os Dez Mandamentos, aqueles mesmos mandamentos que haviam sido escritos em tinta vermelha no ataque ao Vaticano.

As Leis de Deus escritas em Êxodo 20.3-17 ou Deuteronômio 5.6-21, são:

- Eu sou Yahweh, o Senhor teu Deus, que te tirei do Egito, da casa da servidão!
- Não terás outros deuses além de mim.
- Não farás para ti imagem esculpida, nem semelhança alguma do que há em cima no céu, nem embaixo na terra, nem nas águas debaixo da terra. Não as adorarás, nem lhes darás culto, porque eu, o Senhor teu Deus, sou um Deus zeloso, que visito a iniquidade dos pais sobre os filhos até a terceira e quarta geração daqueles que me aborrecem, e faço misericórdia até mil gerações daqueles que me amam e guardam os meus mandamentos.
- Não tomarás o nome de Yahweh, o Senhor teu Deus, em vão, porque Yahweh não terá por inocente o que tomar o seu nome em vão.
- Guarda o dia do *sabbah*, sábado, para o santificar, como ordenou o Senhor teu Deus. Seis dias trabalharás e farás toda sua obra. Contudo, no sétimo dia da semana é o *sabbah*, sábado, do senhor teu Deus. Não farás nenhum trabalho, nem tu, nem teu filho, nem tua filha, nem teu animal, nem os estrangeiros da tua porta para dentro, que teu servo e tua serva descansem como tu. Porque te

lembrarás que foste servo na terra do Egito e que o Senhor, teu Deus, te tirou dali com mão poderosa e braço estendido. Foi por esse motivo que eu, o SENHOR, abençoei o *sabbah*, sábado, e o separei para ser um dia santo.
- Honra teu pai e tua mãe, como o Senhor teu Deus te ordenou, para que se prolongue os teus dias e para que te vá bem na terra que Yahweh, o teu Deus, te dá.
- Não matarás.
- Não cometerás adultério.
- Não furtarás.
- Não dirás falso testemunho contra o teu próximo.
- Não cobiçarás a mulher do teu próximo. Não desejarás a casa do teu próximo, nem o seu campo, nem seus servos ou servas, nem seu boi ou jumento, nem coisa alguma do teu próximo.

Dúvidas e questionamentos borbulhavam na mente de Paulo. Ele não entendia por que um terrorista tão violento e perigoso teria tatuado Deus e os Dez Mandamentos no próprio braço. Que tipo de seita era capaz de conhecer as Escrituras Sagradas e mesmo assim se valer da violência para conseguir seus objetivos? Havia muitas perguntas sem respostas e Paulo não desistiria até as obter.

Retornando ao trabalho de campo após dois meses de serviços burocráticos no setor administrativo da delegacia, Paulo e Carlos executam a primeira ronda externa, atendendo a um chamado de uma moradora da região do porto. Segundo ela, alguém havia invadido sua residência.

Chegando ao local, os policiais visualizam um conjunto de modestas residências e alguns barracões abandonados agrupados em um mesmo terreno. Depressa, acionam os drones no intuito de identificar qualquer movimento incomum. Sem detectar presença humana no local, o drone é recolhido e os policiais decidem averiguar três barracões, para se certificarem de que não existiam invasores no local.

O primeiro barracão tem pouca iluminação, com diversos materiais industriais espalhados pelos cantos. Alguns pombos e pássaros voam pelo local, indicando que o lugar devia estar abandonado há muito tempo. Com cautela, os dois alcançam o segundo e o terceiro barracões, quando Carlos taticamente decide lançar no ar os chamados "vagalumes": pequenas lanternas flutuantes que serviam como iluminação.

Os policiais se dividem para cobrir a área, e Paulo, ao se aproximar de um tambor de metal, identifica uma fogueira acesa. Uma revoada de pombos assusta Paulo, que, por instinto, recua alguns passos. Ele ouve, então, um forte estalo, e o chão cede. O policial despenca para o andar de baixo da construção, caindo em cima de uma pilha de caixas que amortece a queda.

De imediato, Carlos socorre o parceiro, perguntando através do buraco aberto se ele está bem. Paulo faz uma rápida avaliação da situação e verifica que não tem nenhum osso quebrado, apenas alguns arranhões e uma dor nas costas gerada pelo impacto da queda.

Como não existia a possibilidade de Paulo subir para o piso superior, Carlos prontamente vai buscar na viatura de apoio o equipamento necessário para içá-lo do buraco. Durante a ausência do parceiro, Paulo escuta um ruído vindo do lado esquerdo da construção. Ele ainda tenta acionar o equipamento de proteção, mas não há tempo hábil: o policial é atingido com um forte golpe na cabeça e imediatamente perde os sentidos.

Após alguns minutos, Paulo desperta sentindo muita dor de cabeça. Assustado e no escuro, ele tenta se mover, mas percebe que está amarrado a uma cadeira. Exausto e confuso, grita por ajuda quando ouve passos e pressente a aproximação de alguém.

Temendo pela própria vida, ele fica imóvel, e é puxado violentamente pelos cabelos.

Alguém lhe pergunta quem é ele e o que faz ali. Paulo não responde e leva um forte soco no estômago, perdendo novamente os sentidos. Após alguns momentos, é despertado por água fria no rosto. A venda de seus olhos é retirada e uma luz ofuscante está sob ele. Alguém calmamente diz:

– Tenente Paulo Pinheiro, presumo que você já sabe quem somos nós, apesar de desconhecer o nosso propósito. Afinal, você anda bisbilhotando por aí em busca de informações, e nós não gostamos de pessoas enxeridas. Por isso, terei que acabar com a sua curiosidade de uma vez por todas!

Com a inesperada explicação, o coração de Paulo dispara. Ele teme por sua vida, pois sabe que está sozinho e totalmente indefeso nas mãos daqueles fanáticos terroristas.

CAPÍTULO IX
NOVAS DESCOBERTAS

NOVA YORK — ANO 2095

Na matriz do conglomerado, os funcionários tentavam manter a rotina de trabalho, ostentando uma pretensa tranquilidade durante o andamento do sequestro do presidente da Schiffer & Co.

Todos os dias, agentes da inteligência prosseguiam com a investigação em busca de novas pistas ou suspeitos, e por decisão do conselho jurídico do escritório central nenhum detalhe sobre a investigação policial deveria ser comentado internamente.

Após ter alta do hospital e retornar ao trabalho, Samira Cristina se depara com uma nova realidade no ambiente coorporativo: a empresa estava sem qualquer coordenação jurídica, e a maioria dos projetos estava parada ou atrasada, escancarando a dependência de Luís Schiffer na tomada de decisões do conglomerado.

Com isso, Samira se vê obrigada a trabalhar intensamente para organizar e amenizar os problemas causados pela ausência do CEO. Para manter um ritmo acelerado de trabalho, ela recorre à ajuda de potentes estimulantes, aplicados diretamente pelo BMH.

Após o esforço épico e os ótimos resultados obtidos, o conselho administrativo do conglomerado nomeia Samira como coordenadora de assuntos diretos e pessoais de Luís. Entre as novas atribuições do cargo, a advogada deveria mediar os assuntos jurídicos urgentes diretamente com a família Schiffer.

Samira estava ciente do risco e da possível encrenca em que estava se metendo. Afinal, lidar diretamente com a família do CEO sempre foi um desafio para os assessores de Luís.

Samira se dirige à residência Schiffer, pois tem um horário agendado, às dez horas da manhã, com a esposa de Luís, Liz Margaret Robinson Schiffer. A tarefa de lidar com uma pessoa prepotente e fútil, que somente se importa com festas e ostentação, não é animadora. Mas Samira está decidida a recolher as assinaturas em procurações e documentos necessários para o bom funcionamento da empresa.

Ao entrar na mansão Schiffer, a advogada fica impressionada com a dimensão e a decoração do local, algo bem incomum e extravagante até mesmo para a alta sociedade de Nova York. Um funcionário muito bem-vestido, chamado Tide, a acompanha até o extenso jardim. Ao encontrar Liz, ela começa:

– Bom dia, sra. Schiffer. Desculpe incomodá-la nesse momento tão delicado, mas preciso de sua assinatura para dar seguimento aos assuntos do conglomerado durante a ausência temporária de seu marido.

Samira entrega os documentos para Liz, que retruca em tom de deboche:

– Bom dia nada, Samira! Você acha que eu sou tola? Você acha que pode vir até a minha casa e me dar ordens? Eu não vou assinar nada que não seja pertinente ao meu interesse pessoal. Além disso, ainda não sabemos se meu marido está vivo ou morto, não é mesmo? Quais bens eu receberei desse muquirana patético?

Samira se assusta com a reação de Liz. Mesmo assim, mantém a calma para convencê-la a assinar os documentos, utilizando argumentos técnicos. Porém, as tentativas são rechaçadas com muita agressão verbal. Frustrada e sem conseguir as assinaturas, Samira educadamente se despede e vai embora.

No dia seguinte, enquanto Samira analisa algumas planilhas de processos jurídicos da empresa, David entra afoito em sua sala, gritando:

– Encontraram!

Samira corre pelo corredor e se depara com os funcionários atentos ao noticiário, que transmitia uma ação do grupo especial antiterrorismo invadindo o suposto cativeiro. Logo é confirmada a identidade e o resgate de Luís Schiffer: ele está vivo e aparentemente saudável.

Nesse momento, os funcionários ficam eufóricos no escritório central, comemorando o bom resultado da ação policial. Somente Mark se mantém introspectivo e alheio às comemorações, se retirando com discrição do local. Nesse momento, Samira o observa e, mesmo estranhando a atitude do colega, nada comenta.

Em questão de minutos, é organizado um protocolo de emergência para dar atendimento e suporte jurídico a Luís Schiffer. Sendo assim, fica acertado que não haveria sob hipótese alguma concessão de entrevistas, declarações ou uso indevido de sua imagem até segunda ordem.

Thomas e Samira, acompanhados de seis seguranças, partem em um veículo aeroterrestre em direção ao distrito policial. Após avaliação médica e um interrogatório preliminar com o objetivo de reduzir ao máximo o tempo de permanência no local, Luís é liberado.

No trajeto para casa, o presidente da Schiffer faz perguntas exaustivas sobre o conglomerado:

– Como estão todos na empresa? Houve alguma mudança sem a minha presença? Algo fora do normal? Algum comportamento atípico de alguém?

Um tanto surpresos pelas indagações, Thomas e Samira relatam os detalhes sobre os últimos acontecimentos. Quando estão em frente à luxuosa residência, Samira pergunta:

– Sr. Schiffer, existe algo que possamos fazer? Acredito que o senhor deva descansar alguns dias...

Mas Luís a interrompe rispidamente:

– Não! Amanhã cedo já estarei na empresa. Eu quero um relatório completo do RH sobre faltas e atrasos de cada um de nossos colaboradores. Quero uma auditoria interna completa, entendido?

– Isso será providenciado, sr. Schiffer. Inclusive, eu gostaria de mencionar em nome de todos os funcionários que estamos eufóricos com a sua libertação e felizes em recebê-lo de volta!

Luís nem se dá ao trabalho de responder e diz:

– Thomas, revise todos os vídeos de segurança. Busque qualquer atitude estranha, de qualquer pessoa, durante a minha ausência, copie e me traga amanhã, entendido?

Sem se despedir, o presidente da Schiffer sai do veículo para dar prosseguimento ao seu principal objetivo: manter o poder e a influência que tanto o satisfaz, de modo ainda mais impiedoso.

Na semana seguinte, aquela caça às bruxas empreendida por Luís Schiffer estava tornando o ambiente de trabalho mais pernicioso e paranoico a cada dia. As relações cordiais haviam desaparecido, os colegas andavam sobressaltados, numa desconfiança mútua e perene.

Foi quando Thomas, que estava mais irritado e agressivo que o normal, entrou na sala de Samira em busca de pistas:

– Você refletiu sobre as últimas semanas? Afinal, você notou algum comportamento estranho ou não usual de alguém?

Tentando manter a calma diante de uma pergunta tão inconveniente, e ao mesmo tempo sem faltar com a verdade, Samira responde:

– Não notei nada de errado, Thomas! Pelo que posso me lembrar, todos foram muitos profissionais e diligentes durante o sequestro. No entanto, no dia em que Luís foi libertado, você se lembra da comoção geral?

Thomas assente positivamente com a cabeça. E ela retoma:

– Notei que Mark pareceu indiferente... Ele não me pareceu nem feliz, nem triste! Apenas foi discreto e sem reação. Mas acho que isso não tem importância alguma, porque cada um tem seu próprio modo de lidar com uma situação de estresse, não é mesmo?

– Talvez você esteja certa! Afinal, Mark é muito inteligente e um tanto introvertido. E o Richard, da contabilidade? Ele está agindo meio estranho de uns tempos para cá. Você sabe de alguma coisa?

Um tanto incomodada, Samira responde:

– Não, não estou sabendo de nada! Por que eu deveria saber?

– Porque você é uma boa observadora e notou algo sobre o Mark. E como ele, a cada dia que passa, mais pessoas estão agindo estranhamente. Você acredita que, pela manhã, peguei a Paty, da equipe de marketing, anotando algo em um bloco de papel? Quando ela me viu, simplesmente arrancou a folha do bloco e saiu, enquanto o espertinho do Richard ficou passivo, fingindo que não tinha visto nada!

– A Paty? Eu não a conheço muito bem. Mas o Richard é muito profissional. Acho que ele é casado com alguém daqui, tenho que verificar...

Querendo bancar o detetive, Thomas fica empolgado ao mostrar o bloco de notas:

– Está vendo aqui? Essa página de cima foi arrancada...

Samira apanha o bloco, retira da gaveta um lápis raro e antigo e rabisca a página em branco. Depois, arranca a página, a coloca contra a luz e uma frase escrita fica visível sobre o papel rabiscado.

– Samira, você nunca me desaponta! Por isso insisti na sua contratação. Você é ótima no que faz!

Ela sorri, vira o papel e começa a ler o bilhete em voz alta:

– Richard, me encontre mais tarde, eu preciso de você e do seu...

Samira, meio sem jeito, entrega o papel para Thomas, que lê o resto da mensagem e, sem pensar duas vezes, decreta:
– Chame o RH, ainda hoje os dois serão despedidos!

Após alguns dias, Samira percebe uma movimentação incomum perto da sala de reuniões, no fim do expediente. Como a maioria dos funcionários já havia ido embora, ela caminha em direção ao local e fica surpresa ao encontrar Thomas e mais quatro pessoas do departamento jurídico em reunião.
Assim que Thomas percebe a presença de Samira, se justifica:
– Samira, não a chamei para essa reunião. Conversamos pela manhã, combinado?
De imediato, Samira concorda com um sinal positivo, mesmo se sentindo ofendida por ser forçosamente excluída da reunião.
Nessa mesma noite, ao chegar em casa, Samira recebe uma mensagem criptografada e sem identificação em seu comunicador, que diz: "Quer saber o que eles estavam fazendo naquela sala?". Curiosa, Samira responde: "Sim".
Em seguida, ela recebe um vídeo gravado momentos antes de ter entrado na sala de reunião. Ela revê inúmeras vezes a cena, incrédula.
Além de Thomas e os quatro assessores, Luís Schiffer estava participando virtualmente da reunião. O assunto tratado parecia algo tirado de um filme de ficção. Luís menciona a implantação imediata do PROJETO ARICAR, programa de controle de natalidade com drogas inibidoras implantadas ilegalmente em testes de gravidez, sendo esses testes produzidos nas empresas da divisão Schiffer Medical Group.
O CEO ainda faz questão de frisar que o projeto-piloto já havia sido implantado na França, com um resultado espetacular: os índices de natalidade entre imigrantes haviam despencado a

zero. O próximo passo seria exportar o programa e implementá--lo em outros países com altos índices de imigração.

Atônita e com medo de uma armação que poderia comprometer a sua carreira, Samira deleta o vídeo. Sem conseguir dormir, mesmo com o BMH estimulando-a com doses de sonífero, ela fica imaginando quem teria enviado a ela aquele vídeo e por qual motivo a teria envolvido nisso.

Sem qualquer resposta, ela permanece confabulando hipóteses. Afinal, Samira tinha consciência de que os negócios da Schiffer não eram perfeitos e nem sempre eram restritos à lei. Ela mesma havia participado ativamente de negócios impróprios, arranjando soluções para burlar o sistema jurídico, negociando transações de propinas e chantagens para facilitar acordos entre juízes, desembargadores, políticos e funcionários públicos.

Contudo, após se converter ao Islã, gradativamente afastou-se de negociações ilegais, direcionando o seu trabalho para o setor de aquisições corporativas do conglomerado, sempre dentro da lei.

Mesmo sabendo dos delitos pretéritos da empresa, nunca imaginou que o seu mentor e CEO pudesse estar envolvido em algo tão terrível e inaceitável, como assassinato deliberado e genocídio planejado.

Mesmo com a vontade de denunciá-lo, preferiu esperar para confirmar se aquelas suspeitas procediam. No dia seguinte, ela voltou ao escritório tentando manter a aparência de normalidade, diligenciando o trabalho. À noite, em sua casa, recebeu mais uma mensagem misteriosa:

"Por que você apagou o vídeo?"

"Tenho medo."

"O medo é uma arma silenciosa que turva o coração. Somente a verdade te libertará."

"Onde está a verdade?"

Após alguns dias em silêncio, o informante retoma contato e envia a Samira a cópia de um contrato milionário firmado entre a Schiffer e o Ministério da Saúde da França para o fornecimento de material farmacêutico. Além disso, a advogada recebe a composição química dos medicamentos ilegais utilizados nos supostos testes de natalidade adulterados.

Rapidamente, ela se prontifica a investigar a veracidade das informações a fim de coletar provas materiais que corroborem uma denúncia pública e a abertura de um processo judicial.

Em menos de quinze dias, Samira é informada de que um lote de medicamentos adulterados constantes no contrato está armazenado em um galpão no aeroporto de Nova Jersey.

Numa ação planejada e coordenada, ela se prontifica a recolher uma amostra. Por isso, na noite seguinte, ela viaja para Nova Jersey e se hospeda em um hotel nas proximidades do galpão.

Na hora programada, Samira, usando roupa e equipamento especial, caminha rente à cerca de segurança do lado norte do depósito. Ao longe, é possível ver androides de segurança fazendo a ronda, além de câmeras e drones em volta do perímetro.

Para não ser detectada, ela aguarda próximo ao muro de contenção. Exatamente às quatro horas, cinco minutos e trinta segundos da madrugada, conforme seu parceiro anônimo havia informado, um blecaute atinge todo o lado noroeste da cidade de Nova Jersey, inclusive o aeroporto.

Numa ação rápida, ela corta um pedaço da cerca de segurança e sorrateiramente entra no local. Com todos os androides e sistema de segurança desativados, Samira percorre o galpão com óculos de visão noturna e um *scanner* portátil capaz de identificar automaticamente as *tags* do lote adulterado.

Com agilidade, ela recolhe as amostras e, em segurança, se evade do local. Após alguns minutos, o fornecimento de energia é restaurado, e não há explicações por parte das autoridades sobre o que teria ocasionado aquele inesperado blecaute.

Na manhã seguinte, o conteúdo das amostras é analisado por um laboratório, que confirma a adulteração dos componentes químicos do lote. Com a confirmação da veracidade das informações e os registros do Schiffer Medical Group, que incluíam o processo de venda, destino e volume negociado do medicamento para países com altas taxas de imigrantes, Samira já detinha provas suficientes para dar início a uma denúncia pública.

Contudo, ela sabia dos riscos que isso acarretaria. Por isso, decidiu estabelecer contato com um jornalista de confiança para avaliar qual seria a melhor forma de divulgar essa notícia bombástica. Afinal, uma denúncia desse porte, envolvendo um grupo criminoso internacional controlado por pessoas poderosas, colocaria a sua própria vida em perigo.

Além disso, como advogada Samira sabia que faltava uma peça importante nesse quebra-cabeças: uma testemunha incontestável.

Na tarde seguinte, Samira marca um encontro com uma possível testemunha-chave com o pretexto de obter a sua assinatura em alguns documentos. Ao entrar na mansão Schiffer, o assistente Tide a recebe:

– Boa tarde, Samira. A sra. Schiffer está a sua espera.

Vestida de modo extravagante, Liz a recebe:

– Samira, querida, como vai? Já arranjou algum pretendente ou ainda está esperando um príncipe encantado? Vestida assim, ninguém vai notar a mulher linda que se esconde atrás desse visual cafona!

Mesmo aborrecida com o comentário, a advogada se controla e responde:

– Não, senhora, por enquanto não encontrei ninguém em especial que tivesse bom humor suficiente e me fizesse rir.

– Bom humor? Mas aí que está seu problema querida, isso não existe. Se esperar demais, não vai encontrar ninguém. Você deveria se divertir e curtir mais a vida! Vou te convidar para umas festinhas com meus amigos, talvez você consiga algum pretendente, você vai adorar! Aceita um drink?

– Não, obrigada. Uma água gelada, está ótimo!

– Ah, agora lembrei que você faz parte daquela religião que as pessoas não bebem. Que pena! Tide, me traga um blood mary sem vodca, só suco de tomate bem temperado, por favor!

Aproveitando a ausência do assistente, Samira fala com cautela:

– Sra. Schiffer, eu vim aqui para falar de algo muito sério, sobre um negócio de alto risco e gostaria de saber a sua opinião. A senhora conhece o setor farmacêutico do grupo Schiffer Medicine Group?

– Sim, eu já ouvi falar.

– A senhora já ouviu falar sobre o programa de testes de natalidade para imigrantes, que seu marido desenvolveu dentro da empresa? – Nesse momento, Tide chega com o suco de tomate e água e se retira. Samira continua: – A senhora sabe a dimensão desse negócio para o conglomerado?

– Eu espero que sejam milhões!

– Na verdade, são bilhões de dólares de lucro! A senhora acredita que esses medicamentos estão sendo usados para outra finalidade?

Liz fica séria e encara Samira, perguntando:

– Não estou entendendo! Onde você quer chegar, minha querida?

Samira olha ao redor para se certificar de que estão sozinhas e arrisca:

– Eu vou ser bem clara: isso não são simples testes, eles têm outra finalidade, muito mais nefasta! Aqui estão os laudos que atestam que o uso destes testes provoca propositadamente a esterilização nessas mulheres, sem que elas percebam. Você sabe o que isso significa?

Nesse momento, Liz segura com força o braço de Samira e diz rispidamente:

– Você sabe onde está se metendo, querida? Se meu marido desconfiar de suas insinuações, você vai se arrepender, e muito!

– Liz, esses laudos já estão em poder de pessoas que divulgarão esse crime, caso algo aconteça comigo! Seu marido será preso e perderá todo o poder e dinheiro que tem! Em qual lado você pretende estar nessa hora? Ainda pode sobrar para você, pois temos provas de que boa parte do dinheiro arrecadado com esse esquema foi transferido para uma conta pessoal em seu nome, em um paraíso fiscal no Caribe.

Então, Liz solta o braço de Samira e desabafa:

– Você é tão inteligente para umas coisas, e tão inocente para outras! Você acha que é a única pessoa que tentou desmascarar Luís? Onde você acha que essas pessoas foram parar? Inclusive, você ajudou a destruir algumas delas, ganhando processos judiciais para a Schiffer, o que a torna cúmplice das falcatruas do meu marido! Vocês levaram muitas à falência ou ao descrédito total, outras tantas estão mortas! Como você vai conseguir a proeza de desmascará-lo?

Nesse momento, Samira percebe o quanto estava sendo enganada e o quanto ela mesmo havia colaborado para sustentar aquele sistema. Mesmo frustrada, ela se recompõe e argumenta:

– Dessa vez não, Liz! Eu tenho pessoas de confiança na mídia, contato com políticos sérios e o apoio de representantes da ONU. E melhor, tenho algo que ninguém nunca teve: provas reais desse esquema! Mas preciso que você me ajude, que testemunhe junto com outras pessoas. Contra o seu marido, a sua palavra será fundamental!

Após uma pausa, Samira faz um apelo:

– Liz, você tem filhos, não tem? O que faria se estivesse sendo enganada, achando que a razão por não ter mais filhos foi uma esterilização sem seu consentimento? Pense nas milhares de mulheres que perderam a esperança por culpa desse esquema! Eu sei que você ama muito os seus filhos. Por eles, faça o certo! Liz, você não é uma assassina! Nós estamos sendo enganadas há anos, somos vítimas! Além disso, você ficará livre da sombra nefasta de Luís e poderá fazer o que quiser com o seu dinheiro.

Por um momento Liz fica em silêncio, mas logo grita:

– Tide, acompanhe a dra. Samira até a porta, por favor!

Samira fica sem palavras. Quando Tide chega, Liz se levanta e fala:

– Samira, pode contar comigo com a arrecadação para o bazar beneficente. Eu vou colaborar com tudo que você me pediu, querida!

Samira respira com alívio, enquanto Tide se empolga:

– A sra. Schiffer adora ajudar as pessoas!

Liz sorri com cumplicidade para Samira e completa:

– Só que dessa vez nós vamos fazer uma festa maior do que as anteriores! Algo que ninguém nunca viu, não é mesmo, Samira?

Samira se levanta e declara confiante:

– Com certeza, será um escândalo!

CAPÍTULO X
ECLESIASTES

ISRAEL — 2085 — DEZ ANOS ANTES DOS ACONTECIMENTOS NARRADOS

> *"Atentei para todas as obras que se fazem debaixo do sol, e eis que tudo era vaidade e correr atrás do vento"*

Jacob jamais imaginou que a frase de Salomão, registrada pela Bíblia no livro de Eclesiastes, definiria tão bem o momento atual de sua vida. Sentado no escritório, absorvido por indagações, ele não entendia como havia se deixado levar pelas circunstâncias.

Justo ele, um homem experiente, teólogo, com muitos anos de estudo e ensino acadêmico e, principalmente, temente a Deus, deixou-se levar pelas tentações do mundo, caindo na pior armadilha do inimigo de Deus: a vaidade.

Nos últimos anos, Jacob havia sido condecorado por diversas autoridades por ter sido um dos mentores do Tratado de Paz entre Israel e a Palestina. Além disso, havia mantido uma rotina exaustiva de trabalho, comparecendo a inúmeras conferências, encontros, entrevistas e eventos, sendo sempre o convidado de honra em festas ao redor do planeta.

As melhores universidades do mundo disputavam sua agenda, buscando uma data para suas concorridíssimas palestras e aumentando, assim, a sua fama e popularidade.

A cada dia o rabino angariava maior ascensão social e midiática, distanciando-se completamente de seu verdadeiro propósito de vida. Mesmo cativando milhões de pessoas, contando sua experiência, mostrando seus ferimentos de guerra e o conhecimento profundo de questões filosóficas e Escrituras Sagradas, o coração do rabino permanecia se esvaindo na indiferença.

Considerado o grande guru do século XXI, na vida particular Jacob era um déspota. Afinal, ele nunca tinha tempo e muito menos paciência para família e amigos, visto que permanecia corrompido pela vaidade e faminto pelo aplauso das multidões.

Jacob julgava que seu trabalho e seus feitos eram muito mais importantes que qualquer distração e que conflitos pessoais e familiares eram perda de tempo. Contudo, a falta de empatia e a fuga de suas responsabilidades junto à família, bem como sua ausência como pai, cobraram um alto preço.

No mês de junho de 2085, sua vida mudou radicalmente: seu filho primogênito cometeu suicídio. O rabino jamais havia aceitado que o filho fosse homossexual. Por vergonha e medo de exposição, expulsou-o de casa, proibindo-o de frequentar os mesmos lugares e a sinagoga. Com o afastamento imposto, Jacob nunca mais falou com o filho, delegando para a esposa a resolução dos problemas familiares.

Contudo, com a morte do filho, o homem que era adorado por multidões entrou em depressão profunda e jamais se perdoou pelo ocorrido. Ele questionava a própria capacidade de ajudar o próximo: como era possível ter ajudado tantas pessoas ao redor do mundo se em sua própria casa não havia feito nada de útil? Em vez de amor e caridade, havia apenas semeado a discórdia e a intolerância com os mais próximos.

A primeira reação após a morte do filho foi reclusão e isolamento. Ele paralisou o trabalho e os compromissos, não respondendo ligações ou mensagens de amigos, agentes ou familiares. A esposa era o único contato com o mundo exterior, visto que o rabino decidiu se afastar de tudo em busca de respostas.

Até então, a percepção de Jacob sobre o mundo era quase perfeita: não havia mais conflitos mundiais e uma aparente felicidade e harmonia adornavam o cotidiano.

Foi durante a sua reclusão que Jacob se recusou a utilizar o BMH, suspendendo por completo o tratamento geriátrico que o mantinha ativo e saudável mesmo em idade avançada. Não tardou para as consequências surgirem: a abstinência química quase o matou.

Mesmo assim, para amenizar as crises, Sarah substituiu os remédios por produtos alternativos, como vitaminas, e alguns medicamentos menos agressivos, que facilitaram o período de desintoxicação. A atitude radical, mas necessária, fez com que Jacob aos poucos pudesse perceber uma outra realidade sem a interferência química em seu corpo e sua mente.

Após dias de sofrimento físico e mental, o rabino começou a perceber mudanças significativas: afloraram sentimentos entorpecidos que há anos não vivenciava.

Assim, Jacob descobriu o que já havia pressentido: tinha algo muito errado com o mundo e o comportamento das pessoas. Após o Tratado de Paz entre palestinos e judeus, outro importante tratado foi fechado: o maior programa de desarmamento da história, que garantiria segurança e prosperidade para todos. Simultaneamente, foi implementado sem nenhuma rejeição o sistema SIMM e, em grande quantidade, o programa de saúde BMH, sendo este a ponta do iceberg para a criação de uma nova sociedade.

O aumento significativo da expectativa e qualidade de vida no mundo fez com que os programas de controle de saúde, como o BMH, fossem utilizados em larga escala, criando uma vida artificialmente saudável e perigosamente anestesiada.

As drogas de controle e tratamento de humor tinham o efeito colateral de causar uma completa alienação em seus usuários, modificando a percepção dos sentidos e emoções e alterando a perspectiva da realidade.

Após se libertar da dependência do BMH, ficou claro para Jacob que uma nova ordem mundial havia sido instituída, construindo uma realidade manipulada que servia ao interesse de grupos poderosos.

A consequência disso foi que o ser humano se tornou cada vez mais individualista, sem consciência, empatia ou respeito com o próximo. Além disso, o rabino percebeu que a relação das pessoas com Deus havia sido modificada intencionalmente: deturpando tradições, crenças e costumes.

Inclusive, algumas denominações religiosas pregavam ensinamentos heréticos contrários à palavra de Deus e sua essência divina, pregando que Deus deveria atender muito mais as necessidades individuais das pessoas, criando, assim, um novo dogma: Deus se submetendo à vontade dos homens.

Esse novo tipo de religiosidade teve respaldo em muitas igrejas tradicionais, que aderiram à nova corrente para atender à demanda dos fiéis e visando aos próprios interesses. Contudo, Jacob sabia que o afastamento das pessoas de Deus levaria a humanidade ao caos. Isso já havia acontecido inúmeras vezes ao longo da história da humanidade, mas desta vez era muito pior: o mundo inteiro estava contaminado.

Ensinando falsas doutrinas, espiritualidade rasa, banalização do sagrado, idolatria e promiscuidade, não existiam mais referências sobre o que era certo ou errado. O conceito de família desapareceu, não havia mais relacionamentos afetivos estáveis e a única coisa que importava era a busca pela própria felicidade. Essa era a nova religião instaurada, na qual a sociedade sofria de uma espécie de sociopatia coletiva.

Jacob sentia-se ainda mais culpado por ter colaborado a instaurar essa ultrajante realidade sem nem ao mesmo se dar conta disso. Ele havia negligenciado os problemas da família, do filho e de todos ao seu redor por um desejo pessoal mesquinho de reconhecimento e vaidade.

Após um ano de reclusão em busca de respostas, Jacob se alegra com a visita inesperada de um ex-aluno: Mark Zuket. Mark havia estudado na Universidade de Jerusalém, onde travou conhecimento e uma forte amizade com Jacob Seber durante um curso de História da Antiguidade.

Aluno prodígio, Mark possuía o dom do questionamento, não aceitando teorias ou suposições insólitas acerca do processo de desenvolvimento humano. O jovem tinha especial interesse pelo estudo das estratégias de guerra, técnicas e táticas utilizadas pelos grandes conquistadores durante a Antiguidade. O tema de sua dissertação foi o estudo pormenorizado do cerco e da destruição de Massada, ocorrido em 73 d.C. por obra do Império Romano.

A admiração entre Mark e Jacob foi crescente e mútua, na qual o professor e aluno travaram batalhas épicas sobre os grandes pensadores do mundo antigo e como eles afetaram o desenvolvimento das civilizações. Aqueles debates filosóficos tonaram-se conhecidos, com uma plateia cativa de alunos e professores, chamando inclusive a atenção de pessoas de fora do circuito acadêmico.

Os dois passaram a publicar em periódicos e publicações acadêmicas sobre a moral, ética e suas implicações e influências no desdobramento da construção da civilização atual.

Fazia tempo que ambos não se encontravam pessoalmente. Mark estava preocupado com a saúde de Jacob, além de inúmeras dúvidas e perguntas que o afligiam.

Jacob ficou feliz ao recebê-lo em seu escritório em Tel Aviv:
– *Shalom*, meu amigo! Faz tempo que não nos vemos! – disse ao abraçá-lo e beijá-lo três vezes no rosto.

– Tem razão, *rabi*. Praticamente só conversamos por mensagens, mas pessoalmente nem me lembro quando foi a última vez. Como o senhor está?

Com um gesto, Jacob indica que mais ou menos, então Mark completa:

– Falei com Sarah sobre a minha vontade de revê-lo e ela me incentivou para que viesse. O que o senhor acha de darmos uma volta para conversarmos?

– Sair? Agora? – mesmo surpreso, Jacob concordou e apanhou casaco e chapéu.

Jacob e Mark caminharam em direção a um famoso restaurante no centro de Tel Aviv. Sentados confortavelmente, e com um serviço de chá completo disposto na mesa, Jacob desabafa:

– Mark, após o suicídio de meu filho entrei em um período de depressão profunda. Achei que esse seria meu fim, pois não tinha mais vontade para nada. Então, decidi parar com o tratamento geriátrico de meu BMH, simplesmente porque havia desistido de tudo. Porém, algo inusitado aconteceu: sem os medicamentos alterando minha percepção, comecei a enxergar situações que eu não conseguia perceber antes!

Jacob discorre com detalhes sobre suas novas descobertas e percepção. Mark escuta com atenção o relato e depois confessa:

– *Rabi*, não sabia se teria coragem suficiente para lhe contar sobre minhas suspeitas. Mas, após ouvir o seu relato, estou disposto a compartilhar fatos que podem esclarecer a autoria de quem está por trás desses acontecimentos.

Jacob, surpreso, pede:

– Continue, Mark!

– Como o senhor sabe, sou diretor de tecnologia de uma das maiores empresas do mundo, a Schiffer & Co., sendo responsável direto pelo departamento de inovação e tecnologia que controla o sistema SIMM. O que vou contar a você é algo altamente sigiloso e com consequências imprevisíveis. No início da minha carreira, eu acreditava que o sistema SIMM era um advento revolucionário que seria utilizado para criar e estabelecer um mundo melhor e mais seguro para todos! Infelizmente, eu fui um tolo, pois o sistema foi deturpado do seu propósito original.

    Nesse momento, a energia é cortada e as pessoas ao redor começam a reclamar que os comunicadores pessoais não estão mais funcionando. Mark mostra um pequeno aparelho eletrônico de forma esférica e comenta:

    – Fui eu, *rabi*. Esse aparelho bloqueia todos os aparatos eletrônicos ao nosso redor. Isso nos dará tempo suficiente para conversar sem sermos detectados. Eu não quero arriscar, estou com medo porque todos nós estamos sendo monitorados vinte e quatro horas por dia! O SIMM foi criado para monitorar e controlar todos os atos de todas as pessoas no mundo, em tempo real. Na verdade, nós criamos um monstro, e esse monstro tem nome e sobrenome: Luís Eduard Schiffer.

    – Eu sabia que tinha alguém por trás disso! Mark, meu amigo, a verdade não pode passar despercebida. Você é extremamente inteligente e sempre foi o meu aluno mais brilhante! Nós precisamos unir forças e contornar essa situação. Eu já tenho algumas ideias em mente...

    O mestre e o pupilo concordam em definir um plano de ação. Assim que deixam o restaurante, Mark desliga o bloqueador de sinal e prontamente o sistema SIMM e os aparelhos eletrônicos voltam a funcionar.

CAPÍTULO XI
RESPOSTAS

RIO DE JANEIRO – ANO 2095

Paulo permanece vendado, com mãos e pés amarrados, atado a uma cadeira. No centro da sala, um holofote ilumina o prisioneiro, e marcas de sangue escorrem pela boca e tronco, denunciando golpes violentos.

Por mais que houvesse treinado situações de risco na academia de polícia, nada havia preparado Paulo para esse tipo de situação extrema. Afinal, a tecnologia e os meios de defesa modernos apresentavam alto índice de segurança para os policiais em exercício.

Além do treinamento policial, Paulo graduou-se em artes de defesa pessoal, obtendo a mais alta graduação em muay thai e jiu-jitsu. E ainda havia aprendido a manusear armas de fogo em um clube de atiradores e colecionadores, adquirindo amplo conhecimento sobre armas antigas.

De repente, um alarme dispara e Paulo é bruscamente transferido para um quarto vedado por uma porta de ferro robusta. Não há janelas no local, apenas alguns panos, um móvel antigo e um colchão no chão. Exausto e dolorido, Paulo adormece.

Após algumas horas, o policial acorda sobressaltado quando o carcereiro, usando uma máscara para ocultar a identidade, entra. Ele lhe oferece água e comida.

O carcereiro mantém uma arma apontada para o policial durante a refeição. Após se alimentar, Paulo pergunta ao homem:

– Quem são vocês? O que vocês querem de mim?

Mas o carcereiro se retira em silêncio. Ante a falta de contato, Paulo decide que a fuga do cativeiro seria a melhor estratégia para permanecer vivo. Por isso, começa a rastrear o aposento em busca de algo útil para a fuga.

Ele percebe uma barra de ferro, que é na verdade um cano de tubulação no forro aparente em um buraco no teto do aposento. Com a ajuda do móvel antigo, Paulo pula repetidas vezes até conseguir alcançar a barra. Pendura-se no metal e, utilizando o peso do próprio corpo, consegue um pedaço do enferrujado artefato. Ele limpa o local, esconde o objeto e se deita.

Depois de algum tempo, o carcereiro retorna com mais uma porção de água e comida. Em um ataque surpresa, Paulo desfere um forte golpe no rosto do terrorista, que de imediato desaba sem sentidos.

Além de pegar a arma do carcereiro, Paulo troca suas roupas com a dele e fica desconcertado ao descobrir os símbolos YHWH EX20 gravados no braço esquerdo do terrorista, indicando que aquele indivíduo pertencia ao grupo fanático religioso denominado Zelotes.

Em silêncio, Paulo empreende fuga pelo corredor mal iluminado, mas é surpreendido por movimentos e vozes que ecoam do andar superior da construção. O policial recua e se esconde na primeira sala que encontra, mas, para sua surpresa, depara-se com um potente arsenal bélico.

Ele dispensa a barra de ferro e a pistola e recolhe armas de maior poder de fogo e munição. Decidido, Paulo sai do esconderijo e, com cautela, sobe a escada para o andar superior. No intuito de criar uma cortina de fumaça e ter maiores chances de fuga, joga simultaneamente três granadas no piso inferior. O estrondo chama atenção dos terroristas, que correm imediatamente para o local.

Uma franca troca de tiros é iniciada e Paulo atinge mortalmente alguns terroristas do grupo. Escondido atrás de uma pilha de caixas de madeira, o policial visualiza uma porta; atirando a esmo, ele corre em sua direção. Antes de alcançar a porta de saída da construção, Paulo é alvejado na perna esquerda e cai no chão. Enquanto grita de dor, um membro do grupo adverte:

– Seu maldito, você vai morrer!

Nesse momento, drones monitorados pelo sistema SIMM invadem o local, indicando que uma operação policial está em andamento. Em poucos segundos, os drones de segurança atacam e imobilizam cada um dos terroristas.

Após a operação, Carlos entra no velho armazém, chamando pelo colega. Então, Paulo fecha os olhos e agradece a Deus: ele estava vivo, e isso era a única coisa que importava.

A equipe de paramédicos presta os primeiros socorros a Paulo, enquanto Carlos relata detalhes da operação policial, iniciada assim que a explosão da primeira granada foi detectada pelo sistema SIMM.

Além disso, horas depois do desaparecimento de Paulo, um suspeito foi flagrado saindo de um túnel subterrâneo perto do local e foi detido para averiguação. Carlos ainda confirma ao parceiro que o suspeito está numa viatura próxima e será levado em breve por uma equipe de antiterrorismo.

Sem pensar duas vezes nas consequências, Paulo pede ajuda a Carlos para interrogar o suspeito. Mesmo a contragosto, Carlos dá a cobertura necessária ao parceiro, e antes que Paulo entrasse na viatura, ele o adverte:

– Você tem cinco minutos para conseguir respostas!

O suspeito, um rapaz com barba e cabelos longos, encara Paulo sem medo. O policial o interpela:

– Quem é você? O que o seu grupo quer de mim?

– Meu nome é Fabiano Dias. Eu tenho um recado para você: nem tudo aquilo que você acredita ser a verdade realmente é. Você ainda não percebeu, mas está preso em uma bolha!

– De qual verdade você está falando? Eu vou perguntar mais uma vez: quem são vocês e o que querem de mim?

– Paulo, você é um bom homem, mas não consegue enxergar um palmo à sua frente. Você vê o cisco no olho dos outros, mas não vê a viga que está na sua frente. Você acha que somos uma ameaça, mas não entende nada do que está acontecendo ao seu redor. Você acredita que está defendendo um sistema democrático e justo, mas não percebe o quanto esse mesmo sistema controla as pessoas. A sociedade está sendo manipulada com a destruição dos principais valores humanos!

– Mas sobre o que você está falando? Você é membro de um grupo terrorista, será preso e apodrecerá numa prisão, e ainda tem a petulância de falar sobre moral?

– Paulo, Paulo... Você realmente acha que isso poderá nos deter? Nós estamos trabalhando há anos para instaurar um plano de libertação mundial, que é muito mais audacioso do que possa imaginar.

– Plano, mas que plano é esse?

– Nossa principal missão é mostrar a verdade para o mundo e desmascarar quem está por trás disso. Um grande evento ocorrerá em breve e essa verdade será revelada para todos.

– Loucos, fanáticos, é isso o que vocês são! Como ousam usar uma tatuagem com o nome de Deus em hebraico? Por que adotaram o nome de Zelotes e citaram os Dez Mandamentos nos ataques terroristas?

– Nós não somos um grupo terrorista! Somos um grupo organizado que conseguiu enxergar a podridão deste mundo manipulado e aparentemente perfeito. Nós conseguimos descobrir a tempo que algo maligno vem sendo implementado lentamente na sociedade.

– Eu vejo nas ações do seu grupo apenas maldade e fanatismo! Você usa o nome de Deus para explodir bombas, sequestrar pessoas e roubar bancos. São palavras vazias, sem propósito! Assassinos!

– O único que matou alguém hoje foi você! Somente nos defendemos, o nosso objetivo não é a violência nem a morte.

Os Dez Mandamentos revelados a Moisés são nossos deveres e compromissos com Deus. Por isso temos a tatuagem gravada na pele, para não nos esquecer de nossas promessas. São os Mandamentos que nos mantêm alertas e vigilantes no combate aos absurdos instaurados pela nova ordem mundial. Paulo, você não percebe que estamos sendo controlados? Você não vê que os principais valores humanos da sociedade estão sendo deturpados? Você não nota que estão substituindo o único e verdadeiro Deus por um deus genérico e submisso ao homem? Uma nova ordem mundial está sendo implementada, e antes que fosse tarde demais começamos a agir! O inimigo é poderoso, organizado e está trabalhando com eficiência. Para onde você acha que estão sendo levados aqueles que não se encaixam nessa nova ordem? Para o mesmo lugar que enviaram os judeus na Segunda Guerra Mundial: campos de extermínio!

Carlos abre a porta da viatura, interrompendo a conversa, e adverte:

– O tempo acabou, os agentes antiterroristas estão chegando!

Antes de ser levado, Fabiano revela:

– Todos nós estamos condenados! Se você deseja descobrir a verdade, vá até Nova York e procure pelo restaurante chinês A Grande Muralha, peça o prato do dia e não se esqueça de ler a mensagem do biscoito da sorte.

Nesse momento, quatro agentes do grupo antiterrorista assumiram a custódia do suspeito, e Paulo nunca mais teve notícias sobre seu paradeiro.

Na manhã seguinte, Paulo é chamado ao distrito policial para uma reunião com o capitão Barroso. Ao entrar na sala, o comandante fala com cordialidade:

– Entre e feche a porta, tenente. Todos nós ficamos preocupados com o seu desaparecimento. Felizmente, você conseguiu sair vivo dessa emboscada. Se não fosse por seu parceiro, não teríamos qualquer pista sobre seu paradeiro!

Paulo concorda:

– Devo minha vida a ele!

Então, o comandante aumenta o tom de voz e adverte:

– O problema é que você se põe em situações complicadas e, devido à sua irresponsabilidade, coloca em risco a sua vida, a corporação e o meu nome! Que ideia foi essa de interrogar o suspeito de terrorismo antes dos agentes federais? Essa foi a gota d'água da insubordinação! Eu não tenho outra alternativa a não ser dispensá-lo da corporação.

Paulo fica chocado com a decisão e tenta argumentar sobre seus motivos:

– Comandante, eu estava procurando por respostas, e...

– Não quero ouvir suas explicações! Fique ciente de que você poderia ser preso pelo ocorrido, mas responderá em liberdade ao inquérito da corregedoria.

– Mas o senhor não sabe...

– Entregue seu distintivo, por favor. Por ser cúmplice, seu parceiro não será demitido, mas será rebaixado a agente de trânsito. Minha sugestão: saia da cidade por um tempo e volte para a fazenda dos seus pais, para esfriar a cabeça. Acredite, se afastar vai fazer bem a você!

Sem palavras, Paulo entrega o distintivo e deixa o distrito policial totalmente arrasado. Ele vai para casa, refletindo sobre como sua vida havia virado do avesso em questão de horas, acreditando que nada pior pudesse lhe acontecer.

Contudo, ao chegar ao seu apartamento, o ex-policial flagra sua noiva aos beijos com outro homem, semidespido no sofá. Sem acreditar no que está vendo, Paulo esbraveja:

– Mas que droga é essa, Amanda?

Ela fica encabulada, empurra o amante ao chão e tenta remediar, mudando de assunto:

– Paulo, meu amor! Você está livre, graças a Deus!

– Não fale de Deus assim! Como você é falsa: nem ao menos procurou saber se eu estava vivo ou morto! Afinal, você estava muito mais ocupada se divertindo pelas minhas costas!

Nesse momento, Amanda não tenta mais inventar desculpas e responde friamente:

– Ah, quer saber? Eu tentei! Eu te esperei durante um ano. Falei para você mudar de emprego e subir na vida! Mas não, está sempre querendo brincar de super-herói! Vê se cresce, Paulo! Vire homem e ganhe dinheiro de verdade! Olha só: esse apartamento minúsculo e mal decorado! Assim não dá, eu não sou mulher para isso! Tchau. Depois eu venho buscar minhas coisas.

Decidida, Amanda sai acompanhada do outro homem, que não ousou sequer dizer uma palavra. Sem remorso, Paulo bate com força a porta do apartamento e vai até a cozinha. Bebe uma cerveja para se acalmar, enquanto contempla um álbum de fotos digitais. Então, o agora ex-policial se recorda de sua infância e juventude e toma uma decisão que, apesar de arriscada, julga ser a mais acertada.

CAPÍTULO XII
EVANGELHO

NOVA YORK — ANO 2095

Em Nova York, o padre Francesco e o menino Raj estão na sede da Fundação Schiffer. Thomas conduz os visitantes, explicando com detalhes o funcionamento da instituição, e anuncia:

— Após a visita, nós iremos encontrar o homem que patrocina todas essas ações: o visionário sr. Luís Eduard Schiffer.

De modo inesperado, Mark chega ao local, e Thomas, surpreso, pergunta:

— O que você está fazendo aqui?

Mark desconversa e, olhando atentamente para Raj, diz:

— Olá, meu nome é Mark, muito prazer em conhecê-los!

Francesco sorri para Mark, estende a mão e o cumprimenta:

— Muito prazer! Meu nome é Francesco e esse é o pequeno Raj. Infelizmente, o menino não se recuperou do trauma, por isso ainda não consegue se expressar verbalmente.

— Não se preocupe, eu compreendo. Sejam bem-vindos! Espero que apreciem a visita à Fundação Schiffer.

Francesco responde amavelmente:

— Nós que agradecemos a oportunidade de conhecer esse maravilhoso projeto. Eu acho que este rapaz simpático queria nos dar as boas-vindas e nos conhecer, não é mesmo, Raj?

Irritado e sem paciência com a interrupção de Mark, Thomas convoca os visitantes:

— O sr. Schiffer já está nos esperando. Podemos prosseguir?

Então Mark passa a mão gentilmente na cabeça de Raj e completa:

– Sim, é claro, desculpa. Eu estou no intervalo do almoço, mas já estou voltando para o trabalho. De qualquer modo, foi um prazer conhecê-los!

Enquanto Thomas e Francesco seguem pelo corredor, Mark, com agilidade e discrição, entrega para Raj um bilhete, colocando o dedo indicador sobre os lábios, pedindo silêncio. Em cumplicidade, o menino coloca o papel no bolso e sorri.

Na sala do presidente da Fundação Schiffer, Francesco e Raj são recebidos com entusiasmo:

– Este presente de boas-vindas é para você, Raj, afinal, sei que é fã de beisebol. Tanto a bola quanto a luva foram autografadas pelos jogadores do melhor time da cidade: os Yankees, do qual sou acionista. Você gostou?

Raj recebe os presentes e balança a cabeça em sinal positivo. Então, Luís completa:

– Sentem-se, por favor! É um prazer recebê-los na Fundação Schiffer. Em alguns minutos haverá uma coletiva de imprensa e uma festa em homenagem aos nossos heróis, não é mesmo, Thomas?

Thomas concorda. Mas Francesco, incomodado, pondera:

– Heróis? Festa? Imprensa?

Com um sorriso falso, Luís explica:

– Mas é claro! Para nós, Francesco, você é um verdadeiro herói! Sem pretensão, ajudou a salvar a vida de uma criança inocente, cujos pais foram mortos por terroristas. E como você trabalha em uma instituição patrocinada pela Fundação Schiffer, queremos demonstrar nosso apoio integral. Nós cuidamos bem da nossa gente e jamais iremos desampará-los! Afinal, vocês são parte da nossa estimada família.

Padre Francesco sorri sem graça e, olhando para Raj, fala em um tom irônico:

– É, meu amiguinho, parece que estamos em boas mãos. Então vamos começar o show, sr. Schiffer!

O empresário, vaidoso, responde:

– Me chame de Luís, por favor! Sou um homem simples como qualquer outro, mas como Deus me deu muito, eu sinto a necessidade de retribuir em dobro!

Então, Thomas conduz os visitantes até o auditório. Antes do show midiático, Raj discretamente entrega ao padre o bilhete de Mark. Os dois se entendem mutuamente, apenas pelo olhar e em silêncio.

MINAS GERAIS — BRASIL — ANO 2095

Disposto a sair da cidade do Rio de Janeiro, Paulo dirige seu veículo aeroterrestre em direção ao interior do estado de Minas Gerais.

Nos últimos anos, o ex-policial havia mantido uma distância proposital dos pais, sempre inventando desculpas para não os visitar. Além da falta de paciência, Paulo não gostava de intromissões ou palpites sobre o seu estilo de vida e carreira.

Por isso, o afastamento era o subterfúgio perfeito para desencorajar encontros familiares. Porém, com a abrupta mudança do cotidiano, Paulo se viu forçado a refletir sobre as próprias escolhas. Nostálgico e tomado de saudades, programou uma visita surpresa aos pais.

Antes de revê-los, o ex-policial decide fazer um desvio de trinta quilômetros na rota, com a intenção de visitar o seu melhor amigo de infância e juventude, Henrique. Naquela manhã de domingo, Paulo se dirige à igreja na qual o amigo atuava como pastor.

Ao chegar à igreja lotada, Paulo procura um lugar reservado, próximo ao púlpito. O pastor Henrique inicia o culto, agradecendo a presença dos fiéis e do grupo de jovens missionários que haviam atuado em uma ação humanitária em Angola.

Na sequência, o coral dá início ao hinário, entoando belas canções enquanto os auxiliares do cerimonial coletam o dízimo e as ofertas da semana. O pastor inicia a pregação:

– Queridos irmãos e irmãs, esses são os novos mandamentos de Deus: Primeiro, deixai já de rezar e dar golpes no peito. O que quero que faça é sair ao mundo para desfrutar tua vida. Quero que gozes, que cantes, que te divirtas, que aproveites tudo o que tenho feito por ti! Segundo, deixai de ir aos templos lúgubres, escuros e frios, que vós mesmos construístes e que dizeis que são a minha casa. Minha casa está nas montanhas, nos bosques, nos rios, nas praias, é ali que moro, é ali expresso todo meu amor por ti. Terceiro, deixai de me culpar pela tua vida miserável, eu nunca te disse que havia nada de ruim em ti, ou que eras um pecador ou que tua sexualidade era algo mal. O sexo é um presente que te dei para que possas expressar teu amor, teu êxtase, tua alegria, assim, não me culpes pelas injúrias em que acreditais. Quarto, deixai de ler as Escrituras Sagradas, que nada têm a ver comigo. Se não podes me ver num amanhecer, numa paisagem, no olhar de um amigo, nos olhos de teu filho, não me acharás em livro algum. Confia em mim e deixai de pedir. Queres me dizer como realizar meu trabalho? Quinto, deixai de ter tanto medo: eu não te julgo, não te critico, nem fico bravo, nem me incomodo, nem castigo, Eu sou puro amor. Acreditais que Eu poderia criar um lugar para queimar todos os meus filhos que se comportam mal, pelo resto da eternidade? Que tipo de deus faz isso? Sexto, deixai de me pedir perdão, pois não há nada que perdoar. Se Eu te fiz, se Eu te preenchi de paixão, de limitação, de prazer, de sentimento, de necessidade, de incoerência, de livre-arbítrio, como posso te culpar se respondes a coisas que coloquei em ti? Como posso castigar-te por ser como és, se Eu sou quem te fez? Sétimo, deixai de acreditar em mim! Crer e supor adivinhar, imaginar, eu não quero que acredites em mim, quero que tu me sintas em ti, quando beijas tua amada, abraças teu filho, acaricias teu cachorro ou se banha no mar. Oitavo, deixai de me idolatrar. Que tipo de deus ególatra acredita que sou? Me aborrece que me idolatre e me cansa que me agradeças. Se te sentes agradecido, agradece cuidando de ti e da tua relação com o mundo. Se te sentes admirado, emocionado, expressas a tua alegria para com os outros. Essa é a maneira correta de me louvar. Nono, deixai de complicar as coisas e repetir como um papagaio aquilo que te ensinaram a respeito de mim. A única coisa certa é que tu estás aqui, estás vivo e esse mundo está cheio de maravilhas. Para que tantos milagres? Para que tantas explicações? Não me procures fora, porque não me encontrarás, estou dentro e pulsando em ti. Décimo, esqueças qualquer tipo de mandamento, qualquer tipo de lei. Estas são armadilhas para te controlar e para te manipular, que somente criam culpa em ti. Respeitas teus semelhantes, não faça aos outros o que não quer para ti. Peço apenas que ponhas atenção na tua vida, e que teu estado de alerta seja teu guia.

    Antes de finalizar o culto, o pastor Henrique ressalta:

    – Queridos irmãos e irmãs, quero dizer a vocês que esta vida não é uma prova, nem um degrau, nem um passo no caminho, nem um teste, nem um prelúdio do paraíso. Esta vida é única e está aqui e agora! Cada um de nós é livre, não há prêmios e nem castigos, nem pecados, nem virtudes. Ninguém leva um marcador, ninguém leva um registro. Por isso, aproveitem a vida como uma oportunidade única de desfrutar, de amar e de existir. Façam o bem e fiquem em paz, somente isso importa. Amém!

Ao término do culto, Paulo vai cumprimentar Henrique, que fica surpreso pela visita inesperada. Emocionados pelo reencontro, os amigos se abraçam num gesto longo e terno.

Após atender os fiéis e terminar o trabalho dominical, Henrique recebe Paulo em seu escritório no andar superior da igreja e recorda:

– Meu Deus, quanto tempo não nos vemos, Paulo? Eu acho que já faz uns dez anos desde a última vez que te visitei no Rio de Janeiro! Lembro que eu estava muito mal, você ainda tentou me ajudar da melhor maneira possível e até me emprestou um dinheiro. Aqueles foram tempo difíceis! Mas hoje, graças a Deus, estou curado daquelas tentações!

Henrique abre uma garrafa de cachaça mineira, serve dois copos e brinda:

– Viva a nossa amizade!

Paulo brinda com entusiasmo, concordando:

– Nem me fale! Naquela época, você estava andando com um pessoal da pesada. Pensei que você se acabaria nas drogas e no crime e que nunca mais te veria. Ainda bem que eu estava enganado! Eu não acreditei quando me contaram da sua mudança de vida. Além do mais, eu estava com saudades, pois tenho lembrado com frequência da nossa infância e juventude, e de tudo que aprontamos por aí!

Os amigos se divertem relembrando alguns episódios. Paulo, então, muda o tom da conversa:

– Nós fizemos um monte de besteiras quando começamos a andar com aquele pessoal barra pesada. E depois daquele terrível acidente, nunca mais fomos os mesmos! Por isso meus pais me mandaram para um colégio militar no Rio de Janeiro, enquanto você continuou por aí, na loucura.

Com uma expressão de pesar, Henrique completa:

– Tem razão! Nós fomos muito irresponsáveis e, infelizmente, o acidente com aquela menina foi uma fatalidade. Por muito tempo, eu não soube lidar com a situação. Isso me empurrou para as drogas pesadas, e me afundei no mundo do crime.

Ambos ficaram em silêncio até Henrique retomar a conversa:

– Mas hoje eu me regenerei! Na igreja, eu tenho a oportunidade de pregar para as pessoas, posso ouvir e auxiliar, e isso me deu um propósito na vida, graças a Deus! E você, meu amigo? Acredito que não veio até aqui somente para relembrar o passado. Me diga: o que está te incomodando?

Amargurado, Paulo confessa:

– Eu fui mandado embora da polícia. Minha noiva me largou, me trocou por um homem mais rico. Me envolvi com um grupo terrorista internacional e fui sequestrado. Quer mais?

Henrique fica surpreso, e Paulo continua:

– Resumindo: minha vida está uma bagunça e eu não sei o que fazer! Por isso, resolvi visitar meus pais e aproveitei para te ver, mas...

– Mas?

– Vou ser honesto: eu ia pedir um conselho seu sobre Deus e as Escrituras Sagradas. Mas depois de ouvir o seu sermão, fiquei ainda mais confuso! O que você falou não tem nada a ver com Deus ou com a Bíblia. De onde você tirou aqueles mandamentos?

Mesmo contrariado, Henrique responde:

– Há quanto tempo você não vai à igreja, Paulo? Há muitos anos, as Escrituras Sagradas foram abandonadas. Afinal, esses ensinamentos antigos só trouxeram guerras e conflitos, e não estão mais em sintonia com as necessidades de hoje. Além disso, aqui na nossa igreja, Igreja Evangélica da Nova Ordem Mundial, adotamos a mesma linha de estudo que a maioria das igrejas atuais utilizam.

– Como assim, nova linha de estudo?

– Alguns anos atrás, as principais igrejas e congregações evangélicas iniciaram um movimento de aproximação e diálogo para solucionar as grandes discrepâncias que existiam entre elas. Os pontos polêmicos foram levantados, analisados e debatidos pelo colegiado. Após o debate, a maioria foi a favor de criar um documento coletivo que respeitaria as diferentes culturas e tradições de cada denominação religiosa. Então um novo entendimento se formou, unificando e padronizando as doutrinas evangélicas com o respaldo da Igreja Católica. Sendo assim, a Bíblia Antiga foi totalmente eliminada dos ensinamentos escolares e religiosos para que uma nova ordem espiritual mais unida nascesse. O resultado foi tão expressivo e o crescimento das novas igrejas tão forte que o retorno dos fiéis garantiu a arrecadação e a melhoria da condição financeira de inúmeras organizações religiosas que estavam quebradas. Foi assim que surgiram as megacorporações religiosas atuais, que são muito mais poderosas e influentes que qualquer empresa ou governo. Enfim, nós nunca estivemos tão fortes e atuantes quanto agora.

– Meu Deus, Henrique! A igreja não é um templo nem uma instituição religiosa. A igreja é o corpo de Cristo, são as pessoas. Como fica o verdadeiro plano de salvação de Deus? E Jesus?

– Meu amigo, Jesus continua sendo um grande profeta e seus ensinamentos são válidos. Inclusive, até hoje muitas pessoas ainda comentam sobre seus feitos extraordinários. Mas essa história de ser o cordeiro de Deus que tira os pecados do mundo não vende mais. Agora, o homem e Deus convivem em harmonia e sem culpa. Esse novo entendimento é muito mais coerente com os dias atuais, você não concorda?

– Me desculpe, Henrique, mas para mim isso é uma grande bobagem! E pior: é uma blasfêmia contra Deus! Vocês estão deturpando todo o ensinamento sagrado ao criar um entendimento sem nenhum respaldo nas Escrituras, na verdadeira palavra. Milhares de pessoas estão sendo enganadas aprendendo falsas doutrinas. Isso é terrível! Só agora estou começando a entender os Zelotes.

– Zelotes? Quem são eles?

– Nada não, esquece! Ainda hoje eu preciso ir ver meus pais, mas vamos combinar de sair qualquer dia desses. Precisamos conversar mais, temos muito para discutir!

– Com certeza, Paulo. Foi muito bom te ver novamente e espero que você encontre o que está procurando!

Os amigos se despedem carinhosamente. Durante a viagem, o ex-policial tenta entender o que estava acontecendo com o mundo. Como essa nova ordem mundial havia conseguido influenciar tantas pessoas? Será que ninguém previu o risco dessa ameaça?

Seu Valdomiro e Dona Marta ficaram extremamente emocionados com a visita surpresa do filho, pois há anos não se viam pessoalmente. A inesperada situação trouxe fortes recordações e uma certa preocupação. Sendo assim, os pais recebem Paulo com amor e carinho redobrados e o acomodam em seu antigo quarto, que estava praticamente intocado.

Durante os dias na fazenda, Paulo tem a oportunidade de reviver as ternas lembranças do passado. Há muito tempo ele não sentia tanta paz em seu coração. Mesmo assim, Dona Marta está ciente de que o filho não está bem, mas não o questiona.

Certo dia, após o jantar, Paulo desabafa:

– Pai, mãe, eu estou na pior! Minha vida está de cabeça para baixo! Eu perdi tudo: minha noiva, meu emprego, tudo que eu tanto batalhei para conseguir se foi! Há pouco tempo, fui sequestrado por um grupo de terroristas internacionais e, ao interrogá-los, um deles me alertou sobre o mundo louco em que vivemos e de que estamos todos perdidos! Então, eu estou muito confuso, e não sei mais o que é certo ou errado. Pedi muito a Deus para me ajudar e me mostrar um caminho, mas parece que Ele não me ouve. Por quê?

Nesse momento, Paulo começa a chorar compulsivamente. Dona Marta o abraça para confortá-lo, e diz:

– Meu filho, você está completamente enganado, e Deus nunca te abandonou. Não é à toa que você está aqui! Agora, sobre o que esse terrorista te falou, não acho que ele esteja tão errado assim. Afinal, o mundo está louco, sim! Por isso, eu e seu pai resolvemos viver nossa vida de uma forma mais simples, estudando e ensinando a palavra de Deus, longe dessa confusão toda.

E Seu Valdomiro comenta:

– Nós tentamos te alertar sobre isso, filho! Infelizmente, você nunca nos escutou!

Então, Dona Marta continua:

– Jesus sempre foi nosso refúgio. Foi por Ele que conseguimos escapar dessa loucura! Ele nos salvou, primeiro morrendo na Cruz e depois nos trazendo conforto na ressurreição! Ele nos mostrou uma direção e um caminho para seguirmos, é Ele quem direciona os nossos passos. Há tempos eu também fui assistir à pregação de Henrique e, assim como você, fiquei consternada ao descobrir que nada do que ele diz tem a ver com os ensinamentos da Bíblia ou de Jesus. Aliás, meu filho, algo muito sério e triste está acontecendo com as instituições religiosas. Praticamente todas as igrejas católicas e protestantes suprimiram a principal fonte de informação sobre Deus: a Bíblia. As outras grandes religiões não cristãs ao redor do mundo também mudaram radicalmente seus ensinamentos sobre Deus. Essa é a maior prova de que algo está muito errado com o mundo!

Seu Valdomiro, sempre contido, desabafa:

– Vou fazer uma comparação boba, mas que explica bem como o mundo está buscando respostas no lugar errado. Quando você está dirigindo um veículo e ele apresenta problemas, como faz para resolvê-los? Para consertá-lo, ou você lê o manual do veículo que o construtor fez, ou leva ele até uma oficina de confiança, onde existem especialistas que sabem tudo sobre o veículo. Logo, meu filho, se pudéssemos nos comparar a esse veículo, para descobrir o sentido da vida buscando respostas corretas para nossos problemas, devemos fazer a mesma coisa e formular perguntas ao criador de todas as coisas: Deus! Então, o modo mais fácil de descobrir o propósito de uma invenção é perguntando ao seu inventor, e não para si mesmo. Hoje em dia o homem está concentrado em si mesmo, e por isso não consegue obter a resposta correta sobre o sentido da vida. A Bíblia é o nosso "manual do proprietário", porque explica como a vida funciona, o que devemos fazer e evitar e o que esperar do futuro. Afinal, Deus não é somente o ponto de partida: é a fonte da vida. E Jesus é o plano de Deus para a nossa salvação!

– Pai, por que Deus enviou Jesus para morrer por nós e pelos nossos pecados? Por que nos resgatar se muitos não querem ser resgatados?

Então, Dona Marta carinhosamente segura a mão do filho e explica:

– Meu filho, essa é a demonstração do amor incondicional de Deus por todos nós! Essa é a Sua Graça: dar tudo a quem nada merece! Deus enviou Seu único Filho para morrer por nós e depois nos mostrar que em sua ressurreição nossas esperanças se renovam! Que bom, meu filho, que você está tendo esses questionamentos. Isso prova que Deus está trabalhando na sua vida.

– Mãe, a senhora acha que isso pode me ajudar a descobrir o meu propósito de vida?

– Tenho certeza de que Jesus iluminará o teu caminho. Faça igual ao apóstolo Paulo: combata o bom combate, complete a jornada e mantenha a fé! Siga tua jornada no caminho planejado por Deus, e assim a tua vida será plena e maravilhosa, sempre acompanhada por Jesus.

A partir daquele momento, Paulo se esforçou para rever as prioridades, clareando a mente em busca de seu propósito de vida. Os dias se passaram, e ele estudou com afinco a Bíblia, aprendendo sobre a palavra de Deus.

Por fim, Paulo aceitou Jesus como Mestre e Salvador, sendo batizado em uma cerimônia simples, mas emocionante, nas margens de um rio próximo à fazenda.

Após sua conversão, o ex-policial continuou em busca de respostas. Por isso, com uma nova missão em mente e ciente de seu propósito de vida, ele decidiu partir para a cidade de Nova York para investigar mais acerca da nova ordem mundial e seu plano maligno de controle do mundo.

CAPÍTULO XIII
A REUNIÃO

PARIS — ANO 2095

No último andar de um elegante edifício em Paris com vista frontal para a Torre Eiffel, está em andamento um importante congresso de negócios. Estão reunidos chefes de Estado, autoridades governamentais, religiosas, líderes coorporativos, além do secretário-geral da ONU e do secretário de Defesa dos Estados Unidos.

Na mesa de negociação para cinquenta líderes, sentado na cabeceira esquerda como um rei em seu trono, está Luís Eduard Schiffer. Ele comanda a assembleia. Sem disfarçar sua satisfação, Luís dá as boas-vindas aos presentes, abrindo oficialmente a reunião.

Em seguida, a premiê da Suíça se levanta e pede a palavra:

– Sr. Schiffer, o momento é grave! Tanto eu quanto os distintos colegas presentes estamos extremamente preocupados com os últimos acontecimentos. Estamos perplexos com o seu sequestro e com os atentados terroristas ocorridos recentemente em três continentes. O fato é que o sistema SIMM falhou durante esses eventos, permitindo que essas tragédias ocorressem. Nós pensamos que o senhor fosse capaz de atenuar qualquer mau funcionamento ou falha do sistema de segurança mundial. Mas parece que isso é impossível! Sendo assim, diante da catástrofe, o que faremos, sr. Schiffer?

Um burburinho em apoio à premiê é audível. Ela torna a se sentar, aguardando uma resposta clara. Nesse momento, Luís Eduard Schiffer gesticula pedindo calma aos presentes e, se levantando, diz, de modo dramático:

— Senhoras e senhores, eu não sei por que tanta preocupação! Estou sentindo uma tensão desnecessária e sufocante no ar. Em primeiro lugar, eu gostaria de relembrar alguns fatos: se não fosse por mim, nenhum de vocês estaria aqui hoje, desfrutando de poder, bens e *status*! Em segundo lugar: eu não tolero cobranças indevidas!

Ele faz uma pausa proposital, conferindo a atitude dos presentes, que permanecem em silêncio, submissos. Então, continua:

— Além disso, eu posso assegurar a todos que enérgicas providências foram tomadas e que tudo está sob controle! Em breve, todos serão informados sobre os novos ajustes e recursos que estão sendo implantados no sistema SIMM. Por enquanto, eu não posso comentar os detalhes, mas quero deixar claro que nenhuma tecnologia ou sabotagem será capaz de afetar o novo sistema!

O discurso enérgico logo pareceu surtir efeito, acalmando os presentes. E ele adianta:

— Nesse momento, eu tenho compromissos urgentes em Nova York. Sendo assim, os senhores podem continuar com a discussão das outras pautas da reunião sem a minha presença.

Apesar do descontentamento e do protesto dos participantes, Luís Eduard Schiffer se retira da sala. Sem alternativa, a reunião é retomada com a discussão acalorada das emendas.

NOVA YORK — NO DIA SEGUINTE

Na sala do CEO do conglomerado, Luís e Thomas estão reunidos com Karl Kriguer, chefe de segurança da Schiffer. Com o auxílio de um holograma, eles revisam as imagens dos três atentados terroristas, quando Karl diz:

— Sei que é pouco, mas foi o que consegui recuperar com os meus contatos. Fiz isso porque, até o momento, Mark ainda não conseguiu recuperar qualquer informação relevante...

Logo, Thomas o interrompe:

— Pelo menos, isso é o que ele diz!

Luís encara Thomas com seriedade:

— Você tem certeza disso?

— Cem por cento, não. Mas minha intuição nunca falha. Ontem, começamos a monitorar o computador de Mark. Porém, não conseguimos entrar em seu arquivo pessoal, porque ele está utilizando uma criptografia totalmente diferente da nossa. Sem mencionar que nos últimos dias ele vem apresentando um comportamento suspeito.

Então, de modo enérgico, Luís ordena:

— Karl, entre no computador de Mark!

Karl digita os comandos virtuais, abrindo uma série de hologramas. Em uma das imagens é possível ver Mark trabalhando concentrado em seu computador.

Logo, Luís requisita:

— Eu quero ver a tela dele.

Sem sucesso, Karl tenta abrir a imagem. Thomas fala:

— Volte para o holograma central e abaixe a câmera para vermos os movimentos de digitação dele!

Mas Karl se justifica:

— Impossível, a câmera é estática! Mas estamos quase quebrando a criptografia que ele está utilizando, aí vamos poder acessar qualquer tela ou arquivo.

Frustrado, Luís adverte:

— Por que está demorando tanto tempo para quebrar a criptografia? Será que não há ninguém competente o bastante nessa empresa? Eu quero que instalem imediatamente câmeras escondidas ao redor dele, sem que ele perceba o nosso movimento. E, Thomas, ainda não pressione o nosso gênio da informática: primeiro precisamos obter os códigos de nossos projetos! Afinal, é só por isso que Mark ainda respira.

Em silêncio, Thomas e Karl concordam com a cabeça, e Luís, irritado, continua:

– Vamos para os próximos suspeitos, começando pela dra. Samira.

Mais um holograma é projetado, dividido em três imagens: a primeira mostra a advogada olhando pela janela, a segunda é a tela do computador e a terceira corresponde ao download dos arquivos dela.

Thomas toma coragem e se pronuncia:

– Mas a Samira está conosco! Inclusive, foi ela que me alertou sobre Mark.

– Você e suas intuições! Sempre dando crédito a pessoas que não são merecedoras de confiança. Isso pode nos trazer danos, Thomas! Você sabe como lido com pessoas que trazem danos? O que quero de você: fatos, pesquisa e informações! O único que pode tirar conclusões aqui sou eu!

Nesse momento, um adolescente bate na porta da sala, esbaforido:

– Desculpe, sr. Schiffer. Mas preciso avisar ao sr. Karl que acabei de quebrar a criptografia de um arquivo do computador do Mark.

– É disso que precisamos nessa empresa! Sangue jovem, ambição e vontade. Sente-se aqui, rapaz!

Então Luís Schiffer diz, triunfante:

– Eu quero a cabeça de todos os traidores em uma bandeja! Karl, vá até a Lua em busca de novas respostas.

LUA – COMPLEXO PENITENCIÁRIO – TRÊS DIAS DEPOIS

O diretor Lee Woo está em sua sala, utilizando óculos de realidade virtual. Ele parece estar se divertindo ao abraçar e beijar um vulto invisível. Nesse momento, Vasquez abre a porta da sala dando passagem para Karl; este, presenciando aquela cena bizarra, força uma tosse para chamar atenção de Lee. De imediato, o diretor arranca os óculos de realidade virtual e diz, constrangido:

– Mas o que está acontecendo aqui? Como você entra em minha sala sem ser anunciado?

– Desculpe, Lee, mas o Vasquez afirmou que você já estava me aguardando.

– Esse guardinha ainda vai se dar mal comigo! Mas vamos aos negócios! Como você me pediu: coloquei os quatro terroristas sobreviventes na mesma sala. O líder deles é o tal de Fabiano. Podemos prosseguir com o interrogatório. Vai ser no estilo normal ou posso utilizar métodos antigos?

Lee aponta com satisfação para uma caixa que contém apetrechos especiais: pregos, cordas, alicates e diversos aparelhos de tortura. Karl, desconfortável com o conteúdo, diz:

– Você tem autorização para eliminar os outros terroristas e preparar Fabiano para o interrogatório.

Lee concorda com um sinal positivo e liga o holograma. A imagem mostra uma cela, onde os quatros terroristas aparecem seminus, magros e com marcas de espancamento. Estão acompanhados por dois androides de plantão. Antes de deixar a sala, Lee carrega a caixa de apetrechos especiais, mas Karl adverte:

– Faça o que quiser, mas preciso do líder vivo e em condições de falar, entendido?

Karl observa pelo holograma a sessão de tortura empreendida por Lee. Após a morte dos três prisioneiros, Karl entra na cela e interrompe a sessão macabra:

– Então, vamos acabar de uma vez com isso! Pode se retirar, Lee. Acredito que Fabiano já esteja pronto para colaborar, revelando os nomes e os locais das células terroristas...

Mesmo a contragosto, Lee deixa a cela e observa o interrogatório pelo holograma. Em seguida, Karl digita algo em seu comunicador e mostra ao prisioneiro, ordenando:

– Agora, eu quero todos os detalhes sobre os grupos que atacaram o Vaticano, Nova York e o Rio de Janeiro...

Nesse momento, Karl desliga o microfone do equipamento de áudio na cela, e Fabiano começa sua confissão.

ITÁLIA – ROMA – QUATRO DIAS DEPOIS

Em um antigo apartamento, sentados em um sofá vermelho, um casal de jovens conversa sobre o Velho Testamento enquanto dois homens treinam arremessos de *shuriken* em um pôster. Outros dois homens estão almoçando espaguete com almôndegas.

Na sala de estar é possível avistar armas antigas, como metralhadoras, granadas e explosivos. Entre uma garfada e outra, um dos homens escuta um barulho incomum próximo à janela. Assim que o ruído fica nítido, ele percebe que drones de segurança estão se aproximando. A mulher grita:

– São eles! Fomos descobertos!

Mas não há tempo hábil para a fuga. Em um ataque coordenado, os drones disparam explosivos e projéteis laser. Começa então um contra-ataque, mas mesmo derrubando alguns drones, o saldo é de dois mortos e três feridos. Em um apartamento do outro lado da rua, está Karl, que observa a ação tática por meio de um holograma. Apressadamente, ele adverte o comandante da operação policial:

– Vamos logo com isso! Eu não tenho o dia todo. Preciso vistoriar outras operações programadas!

Naquele mesmo dia, ações similares são executadas em diferentes cidades do mundo. Uma a uma, as células terroristas do grupo denominado Zelotes são exterminadas.

Em Nova York, no escritório central do conglomerado da Schiffer, Luís e Thomas comemoram, brindando com champanhe o sucesso da Operação Especial Antiterrorismo.

CAPÍTULO XIV
O PLANO

PRISÃO LUNAR — ANO 2098

Dentro do complexo lunar, na área de desembarque do Hangar 1, Vasquez aguarda o acoplamento da nave espacial Nimbus, que está trazendo um novo carregamento de mantimentos, funcionários, equipamentos e prisioneiros.

Dessa vez, o departamento de transferência prisional informou que haveria aumento na quantidade de novos prisioneiros; consequentemente, o número de execuções acompanharia o ritmo novo e brutal.

Durante o desembarque, o guarda Vasquez reflete o quanto odiava seu emprego. Afinal, ele não teve opção: anos antes havia sido preso por desordem, acusado de terrorismo, e para se livrar da pena de morte aceitou o trabalho como segurança da estação prisional.

Desde que havia chegado à prisão lunar, nunca mais teve contato com a família e sua maior penitência era obedecer todos os dias às ordens do infame diretor Lee Woo.

Aliás, se ele pudesse o mataria com as próprias mãos, mas qualquer tentativa de agressão era suplantada pelos androides de segurança.

Há cerca de um ano, um início de tumulto ocorreu no refeitório. Tudo começou com uma discussão acalorada entre dois presos. O que parecia ser um princípio de rebelião foi sufocada em segundos quando os androides entraram em ação, desintegrando com um laser mortal todos os presos que estavam no local.

Por isso, Vasquez sabia que qualquer ato de violência dentro do complexo prisional seria resolvido com a mesma brutalidade e eficiência. Ele pressentia que aquele tenebroso espaço seria um dia o seu próprio túmulo.

E foi assim que Vasquez, que não suportava mais servir àquele terrível sistema, decidiu se aliar a Paulo e colaborar com o plano de fuga.

Já era por volta de meia-noite quando Vasquez aguardava na ala de climatização o desembarque dos passageiros da Nimbus. Para adentrar o complexo prisional, todos os novatos passavam obrigatoriamente pela sala de esterilização e por uma vistoria supervisionada.

Enquanto o processo burocrático se desenrola do outro lado do Hangar I, androides e robôs dão início aos protocolos de limpeza, abastecimento e manutenção para a próxima decolagem, que está programada para as três horas da manhã, no horário lunar.

Vasquez é o encarregado de receber e acompanhar os novos prisioneiros até as celas. Como sempre faz, ele dá início a uma apresentação formal do complexo penitenciário e das regras adotadas no local. O primeiro grupo de prisioneiros está alinhado e pronto para seguir adiante, quando de repente um apagão força o desligamento das luzes e do sistema eletrônico de segurança.

Em poucos segundos, o sistema de emergência é acionado automaticamente. Contudo, é tempo suficiente para Vasquez instalar um pequeno comunicador de transmissão de dados no Hangar I. O aparelho é capaz de enviar informações em tempo real para o grupo de apoio de Jacob na Terra, que está à espera dos fugitivos na Estação de Desembarque Russa.

Após aquele preciso hiato de tempo, tudo volta ao normal no complexo lunar, e a primeira leva de prisioneiros é escoltada até as celas. Vasquez timidamente sorri para comemorar o grande feito e não levantar suspeitas.

Porém, há muito mais a ser feito. O guarda ainda precisa providenciar os equipamentos de suporte de vida para Paulo, Jacob e Samira, além de conduzi-los até o Hangar I para o embarque clandestino.

A tarefa não será fácil, mas o que mais preocupa Vasquez é a segunda parte da missão: impedir o diretor Lee de informar a fuga dos prisioneiros quando ela for constatada na contagem matinal dentro do complexo lunar.

Vasquez está comprometido a não falhar em sua missão. Ele sabe o que deve fazer, e não há mais tempo hábil para voltar atrás em sua decisão.

CAPÍTULO XV
MISSIONÁRIO

NOVA YORK — ANO 2095

Ainda está escuro e Francesco caminha pelo Central Park praticamente vazio. Ele está vestido com um sobretudo e um boné dos Yankees, e quem o visse trajado daquele modo casual jamais reconheceria sua verdadeira identidade.

Ele se dirige ao local previamente combinado e aguarda em frente ao túnel subterrâneo, uma passagem centenária que liga as partes oeste e norte do parque. No céu, o sol está despontando no horizonte, amenizando o vento frio e a paisagem coberta de neve. Francesco confere o horário em seu comunicador: são cinco horas e quarenta e oito minutos da manhã, e, após um minuto, o aparelho deixa de funcionar.

Ele estranha o inusitado fato, enquanto avista um homem dentro do túnel que, gesticulando, solicita sua presença. Com cautela, o padre se aproxima e o estranho diz:

– Bom dia, padre. Que bom que veio, temos pouco tempo. Me acompanhe, por favor!

O homem conduz o padre por um recuo da passagem subterrânea, abrindo uma porta de aço. Dentro do recinto, Francesco, surpreso, reencontra um homem que havia conhecido no dia anterior, que fala:

– Muito obrigado pela confiança, padre Francesco.

– Quando recebi esse bilhete, eu não sabia se deveria vir ou não. Mas minha intuição me dizia que deveria encontrar essa pessoa, que me pareceu honesta e muito angustiada.

Mark sorri, concordando:

– O senhor tem toda razão. Infelizmente, não temos muito tempo!

Nesse momento, Mark entrega a Francesco um antigo aparelho portátil que toca fitas cassetes e comenta:

– Por favor, escute com atenção essa gravação. Essa fita contém provas concretas dos crimes cometidos por um grupo internacional que conta com a participação de chefes de Estado, líderes religiosos e empresários, e no comando de todas as tenebrosas operações está ninguém menos que Luís Eduard Schiffer.

– Do que você está falando, Mark? Essa é uma acusação muito grave! Por que você está me mostrando isso?

– Tenho certeza de que após o senhor escutar essa gravação as suas dúvidas vão acabar! Pode acreditar, tudo que o senhor precisa saber está nesta fita. Por favor, ouça o material com atenção. Aí vai entender melhor sobre o que estou falando. Outra coisa...

Mark retira do bolso um saquinho de veludo preto contendo algumas pedras preciosas e continua:

– Me perdoe, padre! A nossa intenção era boa, mas infelizmente algo saiu do controle na operação do Vaticano. Peço perdão em nome de todos nós! Por favor, aceite esse presente: são diamantes que foram passados de geração em geração em minha família, e o senhor poderá utilizá-los para cuidar de Raj...

– Do que você está falando? Você faz parte do grupo terrorista que atacou o Vaticano e matou os pais de Raj? Eu deveria denunciá-lo!

Nesse momento, sentidas lágrimas escorrem pela face de Mark. Padre Francesco, devolvendo a oferta, diz:

– Não preciso desses diamantes para cuidar de Raj, tenho meus próprios recursos! Além disso, amparar e fazer o bem ao próximo é um dos mandamentos de Deus, não é mesmo?

Enxugando as lágrimas, Mark concorda:

– Me perdoe, padre! Não tem um dia sequer que não me culpe por esse terrível acidente! Mas aconteceu, infelizmente, e temos que pagar pelos nossos pecados.

Olhando o relógio, Mark alerta:

– Não temos mais tempo, vá embora e ouça a fita, por favor! Assim o senhor entenderá os reais motivos que nos fizeram agir contra essa nova ordem mundial.

Olhando fixamente para Mark, o padre se despede e diz:

– Vou sim, meu filho! Mas, Mark, fique fora da sombra! Sempre busque a Deus, que Ele te iluminará. Não se esqueça disso.

Então Francesco deixa o túnel subterrâneo do Central Park e caminha com fones de ouvido que estão ligados a um antigo aparelho. O walkman reproduz a fita cassete que contém inúmeras revelações do grupo que atua sob o comando do sr. Schiffer. O sol brilha tímido no horizonte e o padre Francesco, mesmo chocado com as informações, prossegue contemplando a beleza.

ITÁLIA – ANO 2035 – SESSENTA ANOS ANTES

Os times estão em campo, e o placar de dois a um faz com que a partida continue acirrada nos últimos minutos do jogo, que vale uma vaga para a semifinal do campeonato estadual mirim. Um jovem padre assiste à partida com atenção, quando dois meninos do time da casa correm juntos, em direção ao gol do adversário.

O técnico do time dá instruções, incentivando o ataque. Então, numa dividida de bola, um dos meninos se machuca e cai no chão. O público incentiva o colega:

— Chuta, Ciccio.

Porém, ao ver o parceiro de time caído e gemendo de dor, o menino e prefere chutar a bola para a lateral do campo para socorrê-lo. O juiz apita o final do jogo.

Nesse momento, o time cobra explicações do menino:

— Por que você não chutou no gol? Por que você jogou a bola para fora?

Ciccio começa a chorar, mas as repreensões continuam:

— A gente podia ter empatado! Agora estamos desclassificados! Tudo por sua culpa!

Então, o jovem padre Giuseppe entra em campo, tirando Ciccio do meio dos meninos, e diz:

— Não ligue para isso, criança. Qual é seu nome?

— Francesco. Francesco Albertini.

— Francesco, esses meninos não entenderam a sua boa ação. Você tem um bom coração e vai fazer grandes coisas na vida, acredite! Por favor, não chore!

Contudo, um dos meninos chuta a bola na cabeça de Francesco e o time prossegue zombando dele:

— Vá embora, sua menininha! Você só sabe chorar mesmo! Fique com a bola, não queremos mais ela nem você no time!

Por fim, padre Giuseppe chuta a bola de volta e repreende os garotos, dizendo:

— Fiquem vocês com a bola! O que vocês fizeram foi muito feio! Amigos de verdade apoiam uns aos outros! O que Francesco fez hoje vale muito mais do que uma partida de futebol! Amar o próximo como a si mesmo é o maior mandamento de Jesus Cristo.

Os meninos começam a rir, mas o padre não lhes dá atenção e se volta para Francesco:

— Com amigos assim, é melhor ficar sozinho! Aliás, sozinho jamais! Jesus estará sempre com você.

ITÁLIA — ALGUNS ANOS DEPOIS

Padre Giuseppe está lecionando uma aula de teologia para adolescentes na escola marista em Roma. Francesco é um dos alunos e está se preparando como noviço. O diretor da escola, frei Marcelo, interrompe a aula, dando ao padre Giuseppe as novas apostilas de ensino:

— Padre Giuseppe, a partir de hoje, estamos adotando a nova doutrina religiosa, conforme a determinação da Igreja. Por isso, vamos dar sequência às novas orientações, utilizando apenas o que está escrito no material didático. Por favor, distribua o novo material aos alunos e inicie a sua aplicação imediatamente.

Padre Giuseppe folheia uma das apostilas e lê a introdução: "Os novos Dez Mandamentos:

1 – Deixai já de rezar e dar golpes no peito. O que quero que faça é sair ao mundo a desfrutar de tua vida. Quero que gozes, que cantes, que te divirtas, que aproveites tudo o que tenho feito por ti!

2 – Deixai de ir aos templos lúgubres, escuros e frios que vós mesmos construístes e que dizeis que são a minha casa. Minha casa está nas montanhas, nos bosques..."

Atônito, padre Giuseppe interrompe a leitura e diz, contrariando o seu superior:

— Frei Marcelo, eu já disse mais de um milhão de vezes que esses ensinamentos vão contra tudo o que aprendi e acredito. Eu não posso e não vou ensinar isso para os meus alunos!

Frei Marcelo responde com rispidez:

— Como eu esperava essa sua reação, já providenciei a sua transferência para um retiro de readequação de antigos professores. Eu agradeço pelos serviços prestados, mas a partir de agora vou dar prosseguimento à aula e o senhor está dispensado! Ainda hoje o senhor será encaminhado para Monastério de São Firmino, onde ficará um tempo isolado para absorver as novas regras da nossa Igreja. Passar bem!

Padre Giuseppe, ciente da situação, faz um último pedido ao diretor:

– Posso ao menos me despedir dos alunos?

Mas o frei responde com firmeza:

– Por favor, não faça drama! E não torne isso mais difícil do que é para mim, para os alunos e principalmente para você!

Sem perder tempo, o diretor acena para outros dois outros padres que estão na porta da sala aguardando, e completa:

– Por favor, acompanhem o padre Giuseppe, ele será transferido imediatamente!

Vencido, o padre se retira cabisbaixo. Francesco, impotente em sua mesa de estudos, fica com o coração despedaçado e chora em silêncio.

NOVA YORK – ANO 2095

No quarto do hotel, Raj joga videogame. O padre Francesco chega e retira o boné dos Yankees e o sobretudo. Por baixo do casaco, ele está vestindo a camisa clerical de sempre.

Nessa manhã, Francesco está frustrado, porém decidido. Ele olha para Raj, que o encara, desconfiando dos novos planos de seu padrinho. Francesco vai até a cozinha e, com uma faca, retira seu implante de BMH do braço. Vendo a expressão de espanto de Raj, ele sorri para o menino e o tranquiliza:

– Não se preocupe, logo esse ferimento irá cicatrizar! Porém, depois de tudo que descobri hoje, não sei de quanto tempo precisarei para cicatrizar minha alma. Meus anos de batina acabaram, Raj. A partir de hoje, ficarei longe do peso da Igreja, das amarras religiosas e, principalmente, das falsas doutrinas. Estou livre e pronto para viver e ensinar o verdadeiro evangelho de Jesus.

Então, Francesco despe suas roupas de padre, adotando para sempre as roupas casuais. A partir desse momento, ele é um homem livre, mas consciente de suas responsabilidades e, aproveitando alguns minutos de folga, junta-se a Raj para jogar videogame, imprimindo leveza à própria vida.

CAPÍTULO XVI
O ENCONTRO

NOVA YORK — ANO 2095

Em uma pacata rua do Queens, no distrito mais extenso da cidade, está localizado o restaurante chinês A Grande Muralha. Paulo confere novamente o endereço, respira fundo e entra. O salão principal é modesto, decorado com balaústres chineses, e naquele horário apenas uma mesa está ocupada: um casal e um jovem estiloso saboreando sobremesas em pratos de porcelana. Uma senhora chinesa se aproxima para anotar o pedido, e Paulo diz:

– O prato do dia, por favor!

A velha senhora faz a anotação e em poucos minutos retorna com uma sopa quente. Após a refeição, Paulo pede a conta, que vem acompanhada de um biscoito da sorte. Ele o encara por alguns segundos, quebra-o e lê a mensagem. Há um endereço e uma advertência: "Memorize e depois rasgue".

O ex-policial, acostumado às nuances do trabalho investigativo, cumpre à risca a recomendação. Por fim, pega um táxi aeroterrestre teleguiado até o outro lado da cidade, desembarcando na rua do endereço indicado. Ele, então, caminha dois quarteirões e entra no número assinalado: é um velho teatro sem qualquer iluminação.

Por instinto, Paulo aciona seu dispositivo eletrônico no modo lanterna, mas percebe que o aparelho já não está funcionando. Nesse momento, dois abajures são acionados na parte lateral do palco, que conta com uma mesa, duas cadeiras e um telefone muito antigo. Um homem entra em cena:

– Seja bem-vindo, Paulo! Meu nome é Mark. Desculpe pelas circunstâncias inusitadas deste encontro. Mas são tempos difíceis e a segurança é prioridade!

Mark acena para outros dois homens, que se aproximam e fazem uma revista em Paulo. Após a inspeção, o ex-policial é liberado. E Mark o convida para sentar-se:

– Eu estava ansioso para conhecê-lo, Jacob sempre falou muito bem de você!

Surpreso com a revelação, Paulo diz:

– Jacob? Qual Jacob? Você está se referindo ao professor Jacob Seber?

Mark faz sinal de positivo com a cabeça e completa:

– Ele mesmo! Você pode achar estranho usar uma tecnologia tão antiga, mas isso nos garante proteção e anonimato. Você está pronto para falar com ele?

Mesmo desconfiado, Paulo concorda. Enquanto isso, Mark disca pausadamente um número e confirma:

– Alô, Jacob? Sim, ele está aqui, um momento!

Então, Mark oferece o telefone antigo e, do outro lado da linha, Paulo ouve claramente:

– *Shalom*, Paulo, filho de Valdomiro e Marta. Que bom poder falar com você! Eu sei que você deve ter milhares de perguntas em mente, mas peço que me escute com atenção antes de tirar qualquer conclusão. Meses atrás, quando a delegação norte-americana visitou o Brasil, foi o momento ideal para dar início a um elaborado plano. Durante o evento, nossa ideia era sequestrar o secretário de Segurança dos Estados Unidos e o vice-presidente do Brasil para demonstrar ao mundo que o SIMM é uma grande fraude. Na verdade, o sistema de segurança mundial é utilizado apenas para vigiar a população e gerenciar interesses em benefício próprio. O sistema foi criado e é liderado pelo conglomerado Schiffer & Co., com a participação de autoridades, empresários e líderes mundiais que se aliaram ao sr. Luís Eduard Schiffer. O pretexto é oferecer ao mundo a proteção de um sistema eficaz de segurança. Infelizmente, a roupagem é bonita, mas o ideal por trás do SIMM é obter a cada dia mais controle e poder.

Inconformado com as revelações, Paulo se adianta:

– Então, você está ajudando os terroristas?

– Calma, Paulo! Por favor, me ouça, depois faça as suas perguntas! O plano transcorria conforme programado até cometermos um grande equívoco. Nós não contávamos com a astúcia de um policial brasileiro, um herói ingênuo, guiado por ideais. Como você sabe, esse tipo de indivíduo é o mais perigoso de todos, porque age por impulso. Então, parabéns, Paulo! Foi você o responsável por destruir o nosso plano! Infelizmente, a sua atitude heroica beneficiou apenas os maus feitores. Foram anos de preparação jogados fora, e a sua descuidada intromissão nos fez abortar o plano porque revelou a identidade do nosso grupo.

Tentando se defender, Paulo desabafa:

– E como eu poderia saber disso, Jacob? Eu quase fui morto pelos Zelotes!

– Esse foi o nosso maior erro, Paulo, que jamais deveria ter ocorrido! Enfim, com o plano frustrado, buscamos um novo alvo. O sequestro de Luís Eduard Schiffer, o líder da organização, foi uma medida desesperada e muito ousada. Contudo, posso garantir que o nosso objetivo principal nunca foi o dinheiro, mas sim chamar atenção do mundo, revelando a fraude do sistema SIMM, e expor o chefe dessa operação escusa.

Impaciente, Paulo revida:

– Eu não estou entendendo mais nada, Jacob! Você está dizendo que existe uma conspiração mundial para controlar o mundo e ela é chefiada por esse homem?

– Sim, Paulo! Resumindo em poucas palavras: existe uma Nova Ordem Mundial que está controlando toda população do mundo.

Temos provas factíveis, e durante anos investigamos a fundo Luís Eduard Schiffer, que é o líder da facção criminosa. Isso é algo muito maior do que você pode imaginar! Nós não estamos falando somente de um programa de vigilância e controle que tem o apoio de corporações e governos. Estamos falando de um controle total da população – físico, mental e espiritual –, visando ao poder absoluto.

Nesse momento, o rabino descreve e enumera com detalhes a sucessão de crimes e abusos cometidos pela Nova Ordem Mundial. Por fim, Jacob diz:

– Alguém precisava agir, e foi exatamente isso que fizemos! Com os recursos e as informações, mais a influência e a motivação de Mark e a ajuda de muitos outros, criamos os Novos Zelotes: um grupo altamente treinado, que tem como missão combater esse mal.

Então, Paulo desabafa, inconformado:

– Mas vocês atuam com métodos violentos! Os Novos Zelotes matam inocentes! E isso é terrorismo!

Mark balança a cabeça negativamente, enquanto Jacob responde:

– Quando Moisés desceu do Monte Sinai e viu o seu povo idolatrando um bezerro de ouro, precisou tomar uma decisão difícil, pois sabia que os idólatras tinham que ser exterminados. Escute bem, Paulo, tínhamos que agir da mesma forma. Além do mais, não se faz uma limonada sem espremer alguns limões.

– Espremer limões? Do que você está falando, Jacob? Pessoas morreram, uma criança ficou órfã, e isso está certo?

Jacob passa a mão na cabeça como se tivesse sido pego em uma mentira, enquanto Mark olha para o chão, rememorando o fato com angústia. Mas o rabino se justifica:

– Aquilo foi um acidente lamentável! A nossa ação no Vaticano tinha como objetivo causar um prejuízo sem precedentes nas finanças das novas instituições religiosas que estão compactuadas com o grupo Schiffer. Infelizmente, algo saiu do controle! E você, Paulo? Será que você, por acaso, se considera um grande herói pacifista? Quantas pessoas do nosso grupo você matou? Elas eram boas, estavam te vigiando por um tempo e não te causariam mal!

– Mas eu não sabia disso! Eu estava apenas me protegendo, porque pensei que aqueles terroristas iriam me matar!

– Mas foi você quem atacou primeiro! Eles tinham ordens para não matar ninguém, muito menos você.

Consternado, Paulo se cala e Jacob conclui:

– Agora tudo isso é passado, e somente Deus é capaz de nos julgar. Ele é o único que pode entender as razões do coração de um homem! Contudo, nós não podemos mais recuar, já que o inimigo está mais forte do que nunca! Por bem ou por mal, você já está envolvido demais na situação. Na verdade, você é um guerreiro extraordinário! Por isso, fizemos o que tinha que ser feito com o intuito de fazê-lo ver com os próprios olhos a realidade da vida e, assim, pudesse se juntar a nós. Sei que você também é uma pessoa temente a Deus, todos nós somos. Nesse momento, existem pessoas que estão desaparecendo, sendo assassinadas ou presas, tudo isso porque estão contra a Nova Ordem Mundial!

Olhando o tempo em um antigo relógio de ponteiros, Mark avisa:

– Jacob, temos apenas mais cinco minutos antes que o sistema volte a funcionar!

Paulo está quase em transe, tentando absorver tantas informações. Ele sabe que precisa tomar uma decisão e, pausadamente, fala:

– Jacob, preciso confessar que, depois que conheci o Fabiano no Brasil, nunca mais fui o mesmo! Agora as peças estão se encaixando e tudo começa a fazer sentido! Eu não sei ainda como posso ajudar, mas não posso ficar de braços cruzados!

– *Shalom*, Paulo! Seja bem-vindo aos Zelotes! Precisamos trabalhar juntos para acabar de vez com essa Nova Ordem Mundial!

– Eu vou ajudá-lo, mas quero deixar claro que eu não sou um zelote, e nunca serei! Eu não concordo com os seus métodos. Vamos trabalhar juntos para acabar com essa Nova Ordem e prender Luís Schiffer. Mas, depois, vocês devem responder por seus crimes.

Jacob fica surpreso com a reação de Paulo. De modo apressado, Mark põe o telefone no gancho, dizendo:

– Precisamos ir embora, senão seremos rastreados. Venha comigo! Durante o caminho, eu te coloco a par dos novos planos.

Em uma antiga estação de metrô abandonada, os novos parceiros param próximos a um vagão, e Mark explica:

– Naquele vagão está uma das mulheres mais corajosas e inteligentes que já conheci na vida. Ela, assim como você, acaba de se juntar a nossa causa. Com a ajuda dela, vocês poderão neutralizar a central de informática e o banco de dados da Schiffer, em que estão guardados os arquivos mais importantes da empresa. Já vou avisando que não será uma tarefa fácil: o lugar é uma fortaleza! Mas o plano foi bem elaborado, e irei ajudá-los remotamente.

Então Mark entrega uma mochila e um microchip para Paulo, fazendo uma advertência:

– Ela ainda não sabe que eu estou envolvido na causa. Nós trabalhamos juntos na Schiffer e, por medida de segurança, caso eu seja descoberto, não quero expô-la. Por isso, não comente que me conhece. Você deve entregar esse material a Samira, ela saberá o que fazer. Boa sorte e que Deus o acompanhe!

Com cautela, Paulo se aproxima do vagão, mas antes checa o interior da mochila, que contém, além de equipamentos eletrônicos, vários explosivos. Nesse momento, a porta do vagão se abre e Samira pergunta:

– Vai ficar aí parado ou precisa de um convite especial para entrar?

Paulo se apressa e, quando entra no vagão, é surpreendido pelos sofisticados equipamentos e computadores de última geração, hologramas e mapas instalados no local. Além disso, o vagão conta com uma suíte e uma cozinha completa, equipada com suprimentos suficientes para permanecerem isolados por semanas.

Diante da mesa principal no centro do vagão, Samira explica:

– Analisando as entradas da estação, acredito que seria prudente irmos pela passagem leste, veja aqui!

Samira demonstra no holograma a planta do edifício e, percebendo a desatenção de Paulo, diz:

– Ei, acorda! Não temos tempo a perder. Você trouxe alguma informação nova?

De modo automático e em silêncio, Paulo resgata o microchip da mochila e o entrega:

– Ótimo! Isso será capaz de nos dar a noção exata dos pontos mais vulneráveis do edifício. Você não é de falar muito, né?

Nesse momento, Paulo, atordoado pela situação, se senta no banco mais próximo e grita:

– Mas o que está acontecendo? Eu preciso de alguns minutos para pensar, pelo amor de Deus! Preciso digerir tudo isso! Será que estou sonhando? Ou tudo isso é real?

Nesse momento, Samira fica desconcertada com a reação do ex-policial. Mas logo ela contorna a situação e, apanhando uma garrafa térmica, diz gentilmente:

– Calma, amigo! Tome uma xícara de chá, vai fazer bem a você.

Após alguns minutos, Paulo se acalma e começa a raciocinar com clareza. E Samira completa:

– Está se sentindo melhor? Ótimo! Por favor, esqueça as preocupações e chega de chilique, não temos tempo a perder!

Na manhã seguinte, Samira desperta Paulo, lhe oferecendo uma xícara de café. Mesmo sonolento, ele agradece a gentileza. Ela diz:

– Bom dia, brasileiro. Achei uma brecha no portão leste, e meu informante foi categórico: temos quarenta e oito horas para o dia D. Assim que estiver pronto, vamos trabalhar!

Samira se dirige à mesa central, enquanto Paulo a observa melhor: ela está vestindo uma saia azul, tem os cabelos presos e encobertos por um lenço e as botas sujas de lama. Ele fica ainda mais intrigado para conhecer melhor aquela nova parceira, de figurino tão elegante.

Nesta manhã dão início ao trabalho, trocando informações e conferindo os detalhes do ousado plano. Após algumas horas, decidem fazer uma pausa para o almoço. Enquanto preparam a refeição, Paulo pergunta:

– Samira, você nasceu em Nova York? Tem família? Filhos? É casada? Como você entrou nessa situação perigosa? O que você...

Então, Samira o interrompe bruscamente:

– Pare de fazer perguntas tolas! Nós estamos aqui por uma causa muito maior, arriscando a vida para acabar com uma organização mundial! Sendo assim, não comece a confundir as coisas, brasileiro. Aqui não é o seu país, e nem pense em vir com cantadas baratas para cima de mim!

Paulo permanece em silêncio. Furiosa, ela continua a desabafar:

– Eu nasci em Miami, meu pai é sírio e minha mãe, americana. Eu trabalho e moro em Nova York há muito tempo. Sou muçulmana, divorciada e tenho três filhos. Está satisfeito? Isso é tudo que precisa saber! E me poupe dos detalhes sobre a sua vida, eu não tenho a mínima curiosidade. A única coisa que importa é que estamos trabalhando juntos, e não podemos falhar nessa missão! E por Alá, vá lavar o rosto e vestir uma camisa decente. Você já exibiu por tempo suficiente os seus músculos e não precisa ficar andando praticamente nu por aí!

Paulo, desconcertado e em silêncio, acata a ordem de Samira.

Após a tarde inteira de trabalho, os novos parceiros encerram o expediente e decidem preparar uma boa refeição. Naquela noite, pela primeira vez, os dois trocam histórias de vida de forma descontraída.

Durante o jantar, Paulo ainda propõe um brinde pela nova amizade, mas desastradamente derruba o copo de vinho sobre a mesa, respingando nas roupas de Samira. Encabulado, ele tenta remendar o acidente se desculpando. Nesse momento, os dois se entreolham, os corações aceleram, eles se sentem atraídos um pelo outro. Por alguns segundos, um silêncio desconfortável paira no ar. Rapidamente o momento mágico se desfaz, e Samira aceita as desculpas com bom humor, concordando que acidentes acontecem.

No dia seguinte, os dois tomam café da manhã revisando os últimos detalhes e preparativos da missão. Na sequência, a dupla monta os equipamentos de apoio e, após desligar a energia do vagão, seguem ao encontro dos outros membros do assalto.

Em um estacionamento subterrâneo, o grupo segue em um veículo aeroterrestre até o alvo. Além de Samira e Paulo, mais três zelotes fazem parte da missão. Todos estão usando trajes especiais com equipamentos de alta tecnologia e segurança.

Mesmo assim, Paulo se sente mais protegido carregando um revólver antigo 357 Magnum e uma escopeta de doze milímetros com cano cortado. Cada membro do grupo está equipado com uma mochila contendo explosivos.

Em poucos minutos, o grupo se aproxima do prédio principal da Schiffer & Co., no Brooklyn. Nesse momento, Paulo aciona o bloqueador eletrônico acoplado ao uniforme e dá início à missão, fazendo uma oração. Porém, segundos antes de deixar o veículo, impulsivamente Samira o abraça, dando um beijo em seu rosto. O ex-policial é pego de surpresa e, feliz, dá sequência à operação com mais confiança.

O grupo se desloca em direção ao alvo, enquanto Samira permanece no veículo, coordenando a ação e checando as informações no holograma. Ela sabe que, com o bloqueador eletrônico acionado, somente o comunicador analógico, as câmeras dos uniformes e a planta do prédio serão seus aliados para auxiliar os companheiros na ousada missão.

Na entrada do edifício da Schiffer, a equipe se divide em dois grupos: um se desloca para o lado leste, enquanto o outro segue em direção à entrada principal. O bloqueador eletrônico garante a abordagem, já que os androides de segurança e as câmeras de vigilância do conglomerado jazem imóveis.

Os seguranças particulares da empresa estão desconcertados com a desativação do sistema SIMM e discutem entre si possíveis providências, tentando em vão qualquer comunicação com a central de comando.

Vencidos os obstáculos do primeiro andar, os Zelotes seguem para os andares superiores pela escada de emergência. O alvo principal é a sala de controle de dados no último andar.

Numa ação rápida e precisa, o grupo atinge a sala, colocando explosivos em série em todos os equipamentos de armazenamento do arquivo digital.

Com os androides de segurança desativados, o grupo se prepara para atingir o ponto de fuga. Contudo, a saída rápida e eficaz é frustrada pela aproximação de dois seguranças particulares da Schiffer, que fazem a ronda para garantir a integridade da sala de arquivo digital.

Sem alternativa, os Zelotes se escondem atrás dos equipamentos, aguardando o término da inspeção. Nesse momento, pelas imagens da câmera de segurança dos uniformes dos companheiros, Samira percebe que o grupo está encurralado. Permanecer desapercebido e em silêncio é o truque fundamental para o sucesso da missão.

Porém, o tempo é escasso: faltam apenas quatro minutos para o restabelecimento do sistema SIMM. Por isso, ela contorna a situação e se comunica com Paulo pelo áudio analógico, fornecendo as coordenadas de um novo ponto de fuga.

Assim que os seguranças terminam a ronda, Paulo conduz o grupo para o local. A fuga será feita por uma passagem estreita que dá acesso a um elevador de serviço desativado. Com rapidez, o grupo se arrasta pelo buraco e atinge o fosso do elevador. Então, sem demora, um zelote amarra uma corda em uma das vigas do artefato para garantir a descida do grupo até o subsolo.

Contudo, os quatro minutos se esgotam, e com a ativação do sistema SIMM o elevador é automaticamente resetado, entrando em operação. Desesperados, percebem que o elevador desce em direção ao grupo. Eles ainda estão muito acima do fosso, e pular daquela altura seria uma armadilha igualmente mortal.

O elevador avança rápido, e não há qualquer possibilidade de fuga – faltam menos de dois metros de distância para serem atingidos. De repente, o elevador estaciona bruscamente e inverte a direção, subindo alguns andares, o que garante tempo suficiente para o grupo descer em segurança até o fundo do fosso.

Ao atingirem o chão, Paulo abre a porta do elevador com cautela. Felizmente, o local está vazio. Seguindo as orientações de Samira, o grupo avança pela garagem subterrânea, garantindo o anonimato.

Em poucos minutos, o grupo atinge com sucesso um antigo portão lateral de carga e descarga que dá acesso à rua. Samira estaciona o veículo aeroterrestre nas mesmas coordenadas, resgatando os companheiros.

Ao se afastarem do perímetro, Samira encara Paulo e diz:

– Agora vamos ter certeza se o esforço valeu a pena!

Nesse momento, ela aperta o botão vermelho de um radiotransmissor e múltiplas explosões acontecem em sequência no conglomerado da Schiffer & Co.

O grupo comemora o sucesso da missão. Samira e Paulo se abraçam com afeto, e ela diz:

– Acho que isso irá irritar ainda mais aquele desgraçado. Afinal, nós acabamos de destruir o principal ativo financeiro da Schiffer: um banco de dados que vale milhões de dólares!

Empolgado, Paulo concorda:

– E tem mais, o mais importante foi ter conseguido isso! – ele exibe com orgulho o microchip que contém a cópia das informações vitais da empresa, que foram extraídas do computador central enquanto o grupo instalava os explosivos. Por fim, Paulo desabafa: – Aqui está a prova incontestável das falcatruas da Schiffer! Essa é a peça que faltava para eliminar, de uma vez por todas, a Nova Ordem Mundial.

CAPÍTULO XVII
VINGANCA

NOVA YORK — HORAS MAIS TARDE

Por um holograma, Luís, Thomas e Karl assistem incrédulos às cenas das explosões consecutivas no edifício da Schiffer, no Brooklyn. Pelo comunicador, o chefe de segurança do prédio argumenta:

— Não sei como isso pôde acontecer, sr. Schiffer. As câmeras foram desativadas e os androides não estão funcionando. Tudo apagou, e nós ficamos às cegas!

Indignado, Luís o repreende:

— Não diga! E quanto aos nossos dados, qual foi o prejuízo?

A tímida resposta do chefe de segurança é quase inaudível. Então Luís grita:

— Fale novamente e bem alto, para que todos ouçam o tamanho da sua incompetência!

— Pelo apurado até agora: quase 80% dos dados foram perdidos. Mas veja bem, sr. Schiffer: não houve vítimas fatais e a culpa não foi nossa! O sistema SIMM simplesmente parou de funcionar e...

Transtornado, Luís desliga o comunicador, apanha um taco de golfe dourado que estava pendurado na parede e, andando de um lado para outro na sala, começa a quebrar tudo ao seu redor. Nesse momento, Thomas e Karl, assustados, se afastam até uma distância segura. Luís, furioso, destruindo a sala, grita:

— Eu quero todos mortos! Entenderam? Todos!

APÓS ALGUNS DIAS

Na sala de reuniões da Schiffer em Nova York, Luís e Karl analisam as imagens de diversas cidades do mundo que estão distribuídas pelos hologramas. Então, Karl informa:
– Sr. Schiffer, já faz uma semana que Mark não aparece na empresa e ninguém consegue entrar em contato com ele. Samira também está desaparecida, e não temos nada de concreto contra nenhum dos dois!
– Nós iremos cuidar deles depois. E quanto ao judeu?
Nesse momento, Luís aponta para um dos hologramas, que mostra a casa de Jacob, e Karl responde:
– Nosso time em Jerusalém está de campana, próximo à residência dele e aguardando as ordens. Outras equipes estão espalhadas e posicionadas pelo mundo, prontas para pegá-los. É só uma questão de tempo!
– Dessa vez a ação precisa ser conjunta e nada pode dar errado, entendeu? Se alguém escapar, sempre poderá iniciar uma nova célula. Por isso, temos que pegar o cabeça da operação!
– Sim, sr. Schiffer. Os suspeitos estão sendo monitorados e tudo indica que o chefe dos Zelotes é o professor judeu: Jacob Seber. Ainda não temos a localização exata de Mark, Samira e do ex-policial brasileiro, mas a cidade está fechada e estamos em alerta máximo! Assim que possível iremos capturá-los.
Luís se serve de uma dose de Bourbon Blanton's e, após um gole, ordena:
– Pode dar início à operação, Karl. Mas lembre-se: eu quero o judeu vivo! Ele deve ser capturado e enviado para a prisão lunar!
Karl concorda com um sinal positivo, e Luís, contemplando a vista de Manhattan, avisa:
– Eu também quero o Mark vivo!
– Pode deixar, sr. Schiffer.

Em uma loja de conveniência, Thomas está sentado tomando um café expresso, acompanhado de um jovem alto e loiro. Em seu comunicador, ele realiza uma transferência de cem mil dólares para o nome de Charles Bison. O jovem confere o depósito, enquanto Thomas diz:

— Está tudo certo, Charles! Eu fiz a minha parte e metade do que foi combinado já está em suas mãos. Assim que você concluir o serviço eu transfiro o restante. Quando você vai vê-la?

— Ainda hoje vai ter uma festinha na casa da Giselle Briolli. A Liza está organizando tudo e vai estar lá!

Thomas corrige Charles:

— Liza, que Liza? É a senhora Liz Schiffer que você tem que gravar!

— Sim, eu sei! É que nessas festas ela é conhecida como Liza. Todos usam apelidos ou nomes parecidos com os verdadeiros. Nunca usam o nome exato, Thomas. O meu, por exemplo, é John. Aliás, um dia desses você precisa ir a uma dessas festas comigo. E as que a Liza organiza são sempre as melhores!

— Eu já estou muito velho para isso! Mas não se esqueça: quero tudo gravado! Continue fingindo que está apaixonado por ela, e não mude de comportamento para não levantar suspeitas.

— Pode deixar comigo, meu bem! Ela está na minha faz tempo! Além disso, Liza e eu nos completamos: eu amo o luxo e o glamour dela, e ela ama minhas massagens!

— Por que você acha que te chamei para o serviço? Eu confio em você, Charles. Não foi apenas pelos seus lindos olhos azuis. Eu sabia que se daria bem, querido. Ainda vai ganhar um bom dinheiro e uma vida de glamour. Veja só o quanto eu gosto de você! Então, capricha!

JERUSALÉM — HORAS DEPOIS

Jacob está lendo em seu escritório quando escuta um forte ruído. Assustado, pergunta:
— Sarah, que barulho é esse? Está tudo bem?
Assim que ele se levanta, Karl e sua equipe tática invadem o local. O chefe da operação faz sinal para seus homens prenderem Jacob, dizendo:
— O jogo acabou, rabino! Para você e para os Zelotes!
Dois membros da equipe de Karl imobilizam Jacob e o calam com uma fita adesiva. Karl se aproxima do rabino e diz com ironia:
— A Sarah já não está mais aqui! Você a matou e vai para prisão por assassinato, seu judeu!
Simultaneamente, em diversas cidades do mundo, as equipes da Schiffer agem com o apoio de agentes de antiterrorismo e policiais locais para localizar e invadir os esconderijos dos Zelotes.
Apesar da resistência, os bravos integrantes são presos e outros tantos são mortos. Em Nova York, no escritório central do conglomerado, Luís Schiffer acompanha com satisfação o desdobramento das operações de captura e eliminação dos Zelotes.

NOVA YORK

No dia seguinte, Luís vai até a casa de Thomas para uma reunião intensa. O clima fica ainda mais pesado quando os dois homens observam imagens em um monitor. Uma mensagem de Charles aparece na tela, e Thomas diz:
— Veja bem, Luís, chamei você aqui para mostrar algo importante. Afinal, o escritório não é o lugar apropriado para algo tão

pessoal! Você sabe o quanto gosto de sua família, e o apreço que tenho pela Liz, mas...

Com frieza, Luís o interrompe:

– Chega de enrolação, Thomas! Desde que nos conhecemos, poucas vezes nos reunimos em sua casa. Imagino que você deve ter algo importante para me dizer, então fale de uma vez!

– Com tudo que está acontecendo, eu fiquei desconfiado da atitude de certas pessoas. Por isso, resolvi fazer minha própria investigação. Me perdoe, Luís, mas precisei monitorar a sua família.

– Você quer dizer, sem a minha autorização, certo? Você deve ter tido um bom motivo para tal atitude, mas se for algo relacionado com as traições da minha esposa, pode esquecer! Eu já sei de tudo e estou me lixando para ela!

– Compreendo. Nesse exato momento, estou esperando a mensagem de um passarinho que está seguindo Liz para descobrir se não há algo que possa comprometê-la!

Sem paciência, Luís faz um gesto com as mãos para Thomas apressar o discurso e partir para a ação. Thomas aciona o *play*. A imagem está tremida e o ponto de vista da câmera é como se ela estivesse presa ao pescoço de alguém. A cena mostra uma sala ampla com um jovem DJ no centro; a decoração é moderna, adornada por plantas, portas de vidros, pessoas dançando e uma piscina ao fundo.

Então, um homem se aproxima da câmera, abraça e beija a pessoa que está gravando a imagem, dizendo:

– Por que demorou tanto, John?

– Eu estava em outro compromisso! Mas agora preciso ver a minha rainha. Onde está a Liza?

– Na piscina, com a Giselle e o Ronald.

Charles vai ao encontro dela, registrando imagens da festa.

Luís, reconhecendo as pessoas presentes, diz:

– Aquele ali, não é o juiz Smith e sua esposa? E aquele rapaz tatuado, não é o John Tye? Dono da maior montadora de veículos elétricos do mundo? O que eles estão fazendo numa festa organizada pela Liz?

Thomas permanece em silêncio, percebendo o constrangimento de Luís. Nesse momento, Charles se aproxima da borda da piscina e encontra Liz, que grita eufórica:

– John! Onde você estava, meu príncipe? Por que demorou tanto para aparecer? Você está de caso com outra pessoa, é?

Nesse momento, Liz agarra Charles com intensidade. Enquanto isso, Luís, indignado com a cena, desabafa:

– Ter um caso aqui e outro ali, tudo bem! Mas na frente dos meus conhecidos, aí não dá! Todo mundo deve estar me achando o maior trouxa do mundo! Que bom que você me alertou, Thomas. Sem dúvida, ela já passou dos limites!

– Por favor, mantenha a calma, Luís. Receio que isso não seja o mais importante.

Eles se voltam para o monitor. A próxima imagem mostra Charles perguntando a Liz:

– Seja honesta, minha rainha! Você fala o tempo todo que vai largar o seu marido, mas até agora nada! Afinal, quando vamos ficar juntos?

– Meu amor, tenha um pouco mais de paciência! Logo algo muito importante vai acontecer e finalmente me livrarei daquele traste.

– Como assim algo importante? O que você está aprontando dessa vez, minha rainha?

– Estou apenas esperando o aval da minha advogada para poder testemunhar contra ele, e não tem como apressar isso!

– Como assim, testemunhar sobre o quê?

– Samira, minha amiga advogada, me convenceu a testemunhar contra as barbaridades e falcatruas daquele machista genocida! Eu já sabia de muita coisa ilegal dentro da Schiffer, mas negociar um programa para esterilização de mulheres imigrantes foi a gota d'água! Eu vou acabar com a raça dele! Daí, meu príncipe, seremos livres e ricos!

Consternado, Thomas menciona:

– A Samira? Que decepção! Minha intuição me dizia que havia algo errado!

Nesse momento, Luís dispara:

– Samira? Intuição? Como você é estúpido! Eu já disse: quem tem intuição é vidente. Então a minha amada esposa quer me humilhar e ainda me colocar na cadeia, quem ela pensa que é?

– Tenha calma, por favor! Nada vai acontecer a você, Luís!

Mesmo Thomas tentando acalmá-lo, Luís está decidido a ir embora:

– Aonde você vai?

– Vou resolver este problema do meu jeito, e não se meta mais nesse assunto! Entendeu, Thomas?

– Certo! Mas vamos pensar juntos, a vingança é um prato que se come frio!

– Talvez! Enquanto isso, Liz está pensando que estarei em Montreal até sábado. Mas ela, que se acha tão esperta, está enganada! Eu lhe farei uma visita surpresa o quanto antes! E você, Thomas Dickinson, trate de comer seu prato ainda quente! Encontre aquela advogada muçulmana e acabe com ela de uma vez!

No dia seguinte, Liz, Tide e Charles estão reunidos na sauna da mansão Schiffer. Ela desabafa:

– A festa de ontem foi maravilhosa, mas me deixou acabada: estou com uma tremenda ressaca!

– Foi o excesso de champanhe, minha rainha! – Charles tenta consolá-la.

Então Tide observa:

– Que estranho: a sauna está tão quente! Deixei o termômetro em quarenta graus, como sempre!

Nesse momento, um barulho do lado de fora da sauna chama atenção, e os três percebem a presença de um homem atrás da porta de vidro embaçada pelo vapor. Com um movimento rápido e preciso, ele aciona a trava de segurança, bloqueando a única saída do recinto. Acionando o alto falante do spa, Luís Schiffer se identifica:

– Como está a sauna? Eu acredito que setenta graus serão suficientes para aquecer o coraçãozinho desse trio tão encantador! Não é mesmo, minha adorada esposa?

Amedrontada, Liz suplica:

– Luís, o que você está fazendo? Por favor, deixe-me explicar!

– Não precisa me explicar nada! Você acha que acabaria comigo, Luís Eduard Schiffer?

Tide está quase sufocado pelo vapor e, caindo no chão, desesperado, grita:

– Sr. Schiffer, eu não tenho nada a ver com isso! Por favor, não me mate!

Liz está perdendo os sentidos e mantém as mãos na garganta tentando respirar. Enquanto isso, Charles continua tentando abrir a porta, mas em vão. Implorando para Luís, argumenta:

– Eu fiz exatamente tudo como foi combinado, pergunte ao Thomas!

Com sarcasmo, Luís concorda:

– Eu sei disso, Charles! Afinal, você não queria ficar com Liz para sempre? Então, estou apenas realizando o seu maior desejo!

Paulo está sentado a uma mesa no restaurante chinês A Grande Muralha. A simpática senhora chinesa que o havia atendido dias antes pergunta:

– Qual é o seu pedido, senhor?

– O prato do dia, por favor!

– Pedido anotado: prato do dia! Com ingredientes especiais, senhor?

Paulo entende o código e concorda. Ele tira de seu bolso o microchip que pegou da Schiffer e o enrola em um guardanapo sob a mesa.

Minutos depois, a chinesa retorna com a sopa, e o ex-policial aponta para o guardanapo. Além do prato do dia, ela lhe entrega um bilhete e deixa sobre a mesa uma caneta. Paulo lê a mensagem: "Paulo, parabéns pelo sucesso da operação! Você conseguiu coletar todas as informações necessárias? Não olhe, mas estou sentado atrás de você! Alguma pergunta?".

Por instinto, o ex-policial olha para trás e vê a senhora chinesa entregando o guardanapo para Mark. Ele escreve algo no papel. Com discrição, a senhora apanha o papel e o entrega para Mark, que escreve mais algumas frases. Assim que ele paga a conta, a senhora chinesa entrega o bilhete para Paulo: "Falei para você não olhar para trás, estamos sendo vigiados! Com as informações que você conseguiu, nós vamos atingir nosso objetivo. Quando for possível, eu entro novamente em contato. Por enquanto, você e Samira permaneçam no esconderijo até a poeira abaixar. Infelizmente, fomos descobertos e perdemos quase todos os membros do nosso grupo. Nosso líder está fora de combate. Uma tragédia! Se não receber notícias minhas em dois dias, *é provável* que eu tenha sido capturado. Estou pensando em um plano B, drástico e necessário: aniquilar nosso principal inimigo de forma extrema!".

Paulo fica abatido com as informações, enquanto se recorda de Jacob e de seus companheiros Zelotes. Então, ele relê a frase: "aniquilar nosso principal inimigo de forma extrema".

A imagem de Luís Schiffer discursando na ONU vem à sua memória. A tristeza se transforma em raiva, então ele pega a caneta e escreve: "Sim! Espero que não chegue a esse ponto, mas farei o que for preciso. Conte comigo!".

Paulo chama a chinesa e lhe entrega o papel. Ela o leva até Mark, que lê a mensagem e deixa o restaurante. A senhora volta para a mesa de Paulo com a conta, mas ele pede uma cerveja. Ela adverte:

– Não é bom momento álcool agora! Chá de jasmim: melhor! Cabeça limpa, né? Corpo, mente e espírito em sintonia!

Mesmo a contragosto, Paulo concorda.

Mark caminha pelas ruas de Manhattan quando percebe que está sendo seguido por um drone. Rapidamente, ele entra em uma loja de roupas antigas e fala com o atendente, que lhe indica uma saída pela porta dos fundos. Temendo ser preso com o microchip que Paulo lhe deu, Mark corre em disparada até um prédio próximo e desce as escadas em direção ao subsolo.

Enquanto isso, o drone que o estava seguindo permanece sobrevoando a entrada da loja de roupas antigas, e um veículo aeroterrestre chega ao local. Nesse momento, Karl, acompanhado de dois seguranças, aborda o atendente em busca de informações sobre o colega.

Mark chega ao andar subterrâneo e bate três vezes na última porta do corredor, quando alguém do outro lado da porta pergunta:

– Senha?

– Salmo 23 – ele responde, e a porta é aberta.

Lá dentro, uma adolescente reconhece a fisionomia do homem ofegante, que se justifica:

– Desculpe, mas preciso ficar escondido durante uma hora, um drone está vasculhando a cidade em busca dos membros do grupo.

– Tudo bem! – concorda a simpática adolescente.

– Muito obrigado. Onde está a sua mãe?

– Ela saiu para fazer compras, mas volta logo! Fique à vontade.

Mark agradece, senta-se na poltrona da sala e respira aliviado. O apartamento é um esconderijo discreto e seguro, com janelas cobertas por papel-alumínio. Após alguns minutos, Mark retira o microchip do bolso e relembra o seu encontro com Francesco no Central Park. Convencido pela intuição, diz a si mesmo: "Esse é o caminho!".

Então, ele apanha um papel e uma caneta, escreve algumas linhas, embrulha o microchip no bilhete e chama a adolescente:

– Renata, me traga um pote de geleia caseira feita por sua mãe, por favor!

A adolescente entrega o pote a Mark, que diz:

– Preste bem atenção: eu preciso que você entregue isso para um garoto no centro da cidade.

– Agora?

– Quanto mais rápido melhor! Não tenha medo, afinal, "O senhor é meu pastor e nada me faltará" (Salmo 23).

No centro da cidade, Francesco e Raj estão jogando videogame quando a campainha toca. Raj atende a porta, e uma simpática adolescente segurando um pote de geleia lhe diz:

– Olá, meu nome é Renata. Vim entregar essa geleia para você. Seu nome é Raj, não é?

Ele faz sinal de positivo com a cabeça, e ela continua:

– Isso é presente de um amigo e contém algo especial. Abra e veja. Até outra hora, tchau!

De imediato, Raj fecha a porta e entrega o pote para Francesco, que encara o objeto com curiosidade. Sem perder tempo, Raj pega o vidro de volta e com uma colher retira a geleia até encontrar um saquinho plástico escondido dentro do pote. O menino ainda limpa as laterais do embrulho e o entrega a Francesco, que diz:

– Muito bem, Raj! O que será que temos aqui?

Francesco rasga o plástico e encontra um microchip envolto em um bilhete. Assim que ele lê a mensagem, um calafrio lhe percorre a espinha.

Enquanto, o sol está se pondo em Nova York, um homem alto, de cabelos e barbas longas, entra na Penn Station, a principal estação ferroviária da cidade, para embarcar em um trem rumo a uma viagem interestadual.

O homem passa pela segurança da estação, valida seu tíquete e embarca no vagão na plataforma sete, acomodando-se no assento reservado. Enquanto ele retira o casaco, uma pessoa se senta ao seu lado e avisa:

– Boa noite, Mark. A sua melhor opção é ficar sentado e não reagir! – diz Karl maliciosamente, empurrando os ombros de Mark de volta ao encosto da poltrona.

Assustado e por impulso, Mark ensaia uma reação, mas é impedido por um androide de segurança. Karl o olha com desprezo e comenta:

– Reagir é inútil! Você tem muito o que explicar para o sr. Schiffer.

Desesperado, Mark mais uma vez tenta uma reação de fuga, mas é prontamente alvejado por um disparo elétrico do androide de segurança, caindo inconsciente no chão.

Após algumas horas, Mark recobra os sentidos. Ele está em uma sala, amarrado em uma cadeira e sangrando muito. Seu rosto já está deformado após a agressão empreendida pelos seguranças da Schiffer.

Então, Karl adverte:

– Mark, quanto mais rápido você nos entregar as informações, melhor para você!

Nesse momento, Luís entra na sala, perguntando:

– Mas o que temos aqui?

– Sr. Schiffer, já tentamos de tudo, mas esse traidor ainda não disse nada de útil.

– Não tem problema, Karl! Pode deixar isso comigo.

Então, Luís dá início a uma sessão de tortura e agressões, sempre fazendo questão de pontuar o seu ponto de vista:

– Seu terrorista estúpido! Você acha que pode trair Luís Eduard Schiffer e sair impune? Para um gênio da tecnologia, você é um tanto patético, não?

Após alguns minutos, uma mensagem aparece no comunicador de Luís, que repentinamente cessa as agressões. Após ler a mensagem, ele se dirige até a porta e, antes de sair da sala, diz com sarcasmo:

– Karl, pode matá-lo, mas bem lentamente! Eu já tenho as informações que importam.

LUA — APÓS ALGUMAS SEMANAS

Paulo e Samira estão na fila do refeitório na Prisão Lunar. Enquanto aguardam a vez, Paulo vê Jacob sentado a uma mesa. Empolgado, o ex-policial sai da fila, indo em direção ao rabino:

– Jacob! Graças a Deus, você está vivo!

O rabino acena, sorrindo. Nesse momento, Paulo é contido por um androide de segurança que dispara um teaser, derrubando-o no chão. Por instinto, Samira tenta acudi-lo, mas é igualmente contida pela descarga elétrica e cai inconsciente. Do outro lado do refeitório, o guarda Vasquez observa a cena em silêncio.

NOVA YORK

Na sede do conglomerado, Luís assiste ao noticiário internacional, que mostra uma repórter em frente à Bolsa de Valores de Nova York comentando: "Hoje, as ações da Schiffer bateram um novo recorde de alta. Com certeza, podemos dizer que a Schiffer & Sons Co. é atualmente a empresa mais lucrativa do mundo. O CEO Luís Eduard Schiffer deve estar rindo à toa, não é Erick?".

O comentarista econômico devolve: "Sem dúvida, Susan. Afinal, a Schiffer mudou o mundo, contribuindo com sofisticadas inovações em serviços e tecnologia".

Satisfeito, Luís desliga o monitor e, olhando para a vista panorâmica de Manhattan, comemora em voz alta:

– Você conseguiu de novo, Luís! Você conseguiu!

CAPÍTULO XVIII
A FUGA

LUA — ANO 2098

Às duas horas da manhã no horário lunar, Jacob, Paulo, Samira e outros presos caminham em direção às próprias celas. O guarda Vasquez supervisiona o grupo, que havia sido designado para descarregar os novos suprimentos no Hangar I.

Os androides de segurança acompanham a movimentação, e Vasquez sabe que este é o momento ideal para colocar o plano em ação, então, sinaliza um código para Paulo.

Nesse momento, Jacob cai no chão, contorcendo-se. Ele está espumando pela boca, e Paulo desesperadamente grita:

– Por favor, me ajudem! Ele é epilético!

O diretor Lee supervisiona a movimentação de sua sala de vidro e não interfere no socorro ao detento. Vasquez manda os prisioneiros encostarem na parede e designa dois guardas para auxiliarem Paulo, ordenando que levem Jacob para a enfermaria da prisão lunar.

Após providenciar o socorro, o guarda Vasquez ordena aos prisioneiros a retomada da marcha de volta às celas. Quando Samira passa pelo guarda, ele lhe entrega um dispositivo portátil num movimento rápido e discreto. Ela sorri com cumplicidade e esconde o pequeno aparelho sob a manga do uniforme de presidiária.

No posto médico da prisão, Jacob é socorrido pela enfermeira Sônia. Ela pede ajuda aos guardas para conter os movimentos involuntários do paciente, enquanto Paulo segura o rosto de Jacob para que ele não morda a própria língua durante a crise.

Então a enfermeira avisa:

– O estado dele é crítico! Vou aplicar um anestésico para tentar conter os espasmos.

Nesse momento, Paulo aguarda o sinal de Sônia, que está com a seringa e o anestésico prontos. Ela faz um sinal positivo com a cabeça e, em vez de injetá-los em Jacob, crava a agulha no ombro do guarda que está mais próximo.

Jacob aciona o dispositivo portátil que está na palma de sua mão, desligando as câmeras e os circuitos eletrônicos do local. Então Paulo entra em ação e contém o outro guarda, imobilizando-o com uma chave de braço, enquanto Sônia aplica o restante do anestésico na perna do segurança.

Após um minuto, os guardas ficam inconscientes graças ao potente anestésico. É quando Jacob se levanta da maca, saindo de seu papel de vítima de um ataque forjado. Sorrindo, ele desabafa:

– Eu não gostaria de tê-la como inimiga! Muito obrigado por nos ajudar.

– Já era hora de alguém alertar o mundo sobre as atrocidades deste lugar! Agora se apressem, boa sorte!

Em outro ponto da prisão, antes de entrar em sua cela no horário combinado, Samira aciona o bloqueador eletrônico. Androides de segurança, câmeras e dispositivos eletrônicos ficam inoperantes. Aproveitando a confusão gerada pelo desligamento dos dispositivos, os presos permanecem no corredor e se recusam a entrar nas celas. Então, os guardas apartam os mais rebeldes, e Samira aproveita a distração para escapulir pelo ambiente mal iluminado.

O diretor Lee, observando da sala de vidro o caos gerado pela segurança inoperante e temendo o início de uma rebelião, imagina uma ação tática para contornar a crise e diz a si mesmo: "Vou resolver isso à moda antiga".

O guarda Vasquez está atento à possível reação de Lee e, o mais rápido que pode, sobe as escadas do pavimento correcional em direção à sala do diretor. De repente, ele se depara com Lee, que diz furioso:

– O que você está fazendo aqui, guarda? Tem uma rebelião em andamento e você não faz nada para contê-la?

Percebendo a indiferença de Vasquez, Lee muda de expressão e, com um tom acusador, dispara:

– Foi você que armou tudo isso! Não foi, seu traidor?

– Sim, fui eu! E agora você vai pagar por tudo o que fez, seu assassino! Você prestará contas no Tribunal de Justiça!

Nesse momento, Vasquez apanha as algemas e avança em direção a Lee para tentar prendê-lo. Contudo, o diretor habilmente se esquiva e os dois entram em confronto físico.

Durante a briga, Lee provoca:

– Seu latino idiota! Você acha que vai me prender? Nesse lugar, eu sou a lei, o acusador, o juiz e o executor! Sou eu que decide quem é culpado e merece morrer!

O confronto se intensifica e, no alto da plataforma, o homem com maior força física consegue vantagem, sobrepujando e desiquilibrando o inimigo para fora do gradil de segurança, fazendo-o despencar do terceiro andar.

Nesse momento, Vasquez se apoia no corrimão e, exausto, observa no andar abaixo o corpo inerte do diretor Lee.

No outro lado do complexo lunar, Samira, Paulo e Jacob estão reunidos na sala de climatização. Com agilidade, eles vestem os trajes espaciais: roupa, capacete, botas, oxigênio, e se dirigem ao Hangar I.

Sorrateiramente, entram na pista de decolagem e apanham, perto do compartimento de carga, as mochilas que haviam sido preparadas horas antes por Vasquez. Dentro delas, há pedras de *livermorium*: o metal mais pesado de que se tem notícia, extraído das minas lunares.

De posse das mochilas, os três caminham com agilidade para a parte externa do complexo lunar, pois o metal retarda a tração do satélite lunar sob o campo gravitacional zero. O trio caminha pela superfície da Lua até atingir os últimos contêineres, que estão sendo carregados de minérios extraídos e serão acomodados na nave espacial Nimbus.

A nave está quase pronta para a decolagem. Nessa área, não há nenhum humano, apenas máquinas trabalhando no carregamento da carga.

Samira, Paulo e Jacob aguardam o alarme sonoro que indica o encerramento da operação programada e a contagem regressiva para a decolagem.

O alarme soa, o trio corre em direção ao compartimento de carga, e o fechamento automático das portas se inicia. Paulo entra primeiro, seguido por Samira, e Jacob é o retardatário. A porta está quase se fechando, e o rabino fica preso com seu traje na entrada da nave.

Em um esforço conjunto, Paulo e Samira puxam o rabino, que está sendo esmagado pela compressão da porta que teima em fechar. Já gritando de dor, Jacob é por fim alçado para dentro da nave. A porta finalmente se fecha, lacrando o compartimento. Nesse momento, os motores são acionados e a nave Nimbus decola em direção à Terra.

Após a decolagem truculenta, Samira e Paulo acomodam Jacob na parte central do compartimento de carga. Como o local é pressurizado, já é possível respirar normalmente, sem o auxílio do capacete de oxigênio. Ao revistar as bagagens, Samira consegue encontrar casacos e cobertores; assim, improvisa uma acomodação mais confortável para manter Jacob aquecido.

O rabino sente muita dor, e ao examinarem o ferimento causado pela porta, Paulo e Samira notam uma mancha escura no dorso do rabino. Não é possível identificar a gravidade dos ferimentos, e como precaução Paulo imobiliza Jacob, dizendo:

– Nós conseguimos, Jacob! O plano foi um sucesso e agora a prioridade é cuidar de você. Por favor, mantenha-se quieto e tente descansar!

O rabino permanece deitado e, mesmo com dificuldade para se movimentar, desabafa:

– Não se preocupem comigo, estou bem! Foi só uma batida forte, não é nada demais. Já passei por coisas bem piores! Sobre a nossa fuga, ainda não podemos comemorar. Tudo correu conforme o planejado e espero que nossos amigos da Terra executem o nosso resgate como combinado. Senão, em breve voltaremos para a prisão. Por favor, organizem a última parte do plano, pois nesse estado não posso ajudá-los.

Paulo e Samira dão seguimento ao plano de ação, certificando-se dos últimos detalhes para um resgate bem-sucedido. Após as providências, Jacob chama os amigos e confessa:

– Preciso falar algo muito importante para os dois, por favor, escutem com atenção. O amor é o sentimento mais poderoso do universo. Eu sei que vocês se amam e por isso devem aceitar esse amor como uma benção de Deus! Nunca permitam que as barreiras culturais e os preconceitos bobos os afastem um do outro. Sejam fiéis, verdadeiros e vivam esse amor com plenitude. Esse é meu conselho e desejo para os dois.

Paulo e Samira ficam emocionados com as palavras de Jacob e trocam olhares apaixonados. Ela agradece o conselho do amigo e, beijando-o na testa, se acomoda para descansar. Por fim, todos estão exaustos com o estresse da fuga. Assim que Samira adormece, Jacob chama Paulo e comenta:

– Me perdoe, meu amigo, por tudo que causei a vocês!

– Você não precisa pedir perdão por nada, Jacob! Nós fizemos tudo por vontade própria, e com a certeza de que Deus está guiando nossos passos.

– Eu preciso te confessar, Paulo, que durante muitos anos eu vivi minha vida de modo egoísta e nunca me preocupei com ninguém de verdade. Depois de conhecê-los, a minha motivação se renovou e descobri um novo propósito de vida. Ao decorrer dos anos, tenho certeza de que Deus trabalhou em minha vida e me guiou até esse momento! Eu acredito que vocês foram os escolhidos para dar continuidade a essa missão.

Jacob está emocionado e respira com dificuldade. Então Paulo adverte:

– Calma! Tente descansar um pouco, porque temos que enfrentar uma longa jornada.

– Meu amigo, acho que meu tempo aqui está acabando e preciso lhe dizer que...

Nesse momento, Jacob segura as mãos de Paulo, que escuta com atenção, e diz:

– Eu fui rabino e mestre para muitas pessoas. Instruí muitos judeus e não judeus aos caminhos de Deus. Eu sempre tentei seguir os Seus mandamentos, mas sempre que isso partia da minha própria vontade, eu fracassava. Mas quando essa intenção vinha da vontade Dele, eu me sentia vitorioso!

Após uma pausa para respirar fundo, Jacob continua:

– Vou te confessar algo: Jesus sempre foi a minha inspiração! Mas por uma questão cultural e familiar, eu nunca pude falar abertamente disso. Eu acredito que Jesus é o verdadeiro Messias, Aquele anunciado pelos antigos profetas.

Paulo fica surpreso com a revelação de Jacob, que está com a respiração ofegante e tossindo muito. Portanto, Paulo recomenda:

– Calma! Nesse momento, você precisa descansar um pouco!

Jacob está quase adormecendo. Fechando os olhos, ele diz:

– Eu espero que Deus me perdoe pelos meus pecados e me receba em Seu reino.

– Você já foi perdoado, foi exatamente por isso que Deus enviou Jesus, para nos salvar. Agora, durma um pouco.

Paulo espera Jacob adormecer. Então, ele vai até Samira e fica contemplando a sua amada. Percebendo a presença dele, Samira, sem olhá-lo, solicita:

– Me abrace, estou com frio!

Paulo abraça Samira e o casal apaixonado finalmente adormece a caminho da Terra.

Após algumas horas, Samira e Paulo despertam assustados com a trepidação da nave, que está se aproximando da Terra. A alta velocidade e as forças gravitacionais causam o tremor da nave na reentrada terrestre.

Paulo se levanta e vai até Jacob para acordá-lo antes da aterrisagem, avisando:

– Meu amigo, chegamos! Nós vamos sair daqui e estaremos livres!

Mas Jacob não se mexe. Samira verifica o pulso e os sinais vitais dele, mas não há qualquer reação. Em seguida, Paulo e Samira se abraçam e choram, na tentativa de se conformarem com a situação. Cada um a seu modo ora em silêncio, isso é tudo que podem fazer para se despedirem do amado amigo.

CAPÍTULO XIX
ACERTO DE CONTAS

NOVA YORK — ANO 2098

Luís, Thomas e Karl estão reunidos na Schiffer & Co. A sala do CEO foi totalmente redecorada, com uma coleção luxuosa de artigos esportivos e obras de arte dignas do Louvre. Além disso, o escritório ainda conta com uma parede dedicada às conquistas pessoais do dito visionário, na tentativa de manter sua autoestima elevada.

Contudo, a nova aparência da sala não renova a animação de Karl, que a cada dia está mais abatido. Sem dar trégua aos subordinados, Luís pergunta:

— Após a eliminação dos Zelotes, como foi que aquele velho judeu, a advogadazinha e o ex-policial fugiram da prisão lunar? Dessa vez eu quero uma explicação plausível, senhores.

Thomas continua tomando seu café, tentando não transparecer qualquer preocupação. Karl responde com cautela:

— Eu acredito que Lee falhou feio em relação à segurança do complexo...

— O Lee está morto, seu idiota! Ele teve o que mereceu! Mas vocês dois estão vivos! E qual é o motivo de ainda estarem vivos?

Um silêncio sepulcral invade a sala e Luís continua o seu discurso:

— Porque até mesmo dois incompetentes como vocês merecem uma segunda chance para consertar o que não fizeram certo da primeira vez!

Thomas e Karl estão quase sufocados pela tensão. Luís adverte:
— Então, senhores, não desperdicem essa segunda e última chance: encontrem estes últimos Zelotes. Enquanto isso não acontecer, vocês não receberão um centavo da Schiffer! Ainda hoje, vou para Estocolmo receber o Prêmio Nobel da Paz e não quero me incomodar mais com esse assunto, entendido?

ESTOCOLMO — SUÉCIA — DIA SEGUINTE

Luís Eduard Schiffer está relaxando na banheira da suíte presidencial do Grand Hotel Stockholm. Ele está bebendo, fumando um charuto e pagando pela companhia de duas belas mulheres.

No holograma da suíte, o noticiário anuncia que transmitirá ao vivo a cerimônia de premiação dos laureados da Academia Sueca, marcada para a noite seguinte.

Na praça, em frente ao luxuoso hotel, um casal de velhinhos está sentado em um banco, admirando os flocos de neve. A temperatura é de três graus negativos e a velhinha comenta com o esposo:
— Paulo, quanto tempo ainda vamos ficar vigiando?

Paulo, disfarçado de velhinho, põe a mão na testa e a corrige:
— Madalena, quantas vezes combinamos de não falar nossos verdadeiros nomes?

Samira, não disfarçando o aborrecimento, responde:
— Desculpe, Guilherme! Às vezes me esqueço! Mas nós estamos sem os comunicadores e os chips de rastreamento! Sendo assim, quem é que vai nos escutar?

Balançando a cabeça em negativa, Paulo responde:

– Quem? Talvez o porteiro do hotel, as câmeras de segurança, os drones ou os androides. Qualquer pessoa pode suspeitar de nós. Afinal, por que um casal de idosos está sentado numa praça em frente a um hotel, num dia frio e com neve em Estocolmo?

Samira fica irritada com a explicação e olha para os lados. E Paulo continua:

– Além disso, precisamos passar despercebidos para não alertar aquele idiota do Luís, que provavelmente a essa hora deve estar se divertindo!

Samira responde furiosa para Paulo:

– Guilherme, querido, em primeiro lugar: você está muito paranoico. E em segundo: de quem foi a grande ideia de se sentar aqui?

– Tem razão, querida! Me desculpe, Madalena. É que a ideia de ele estar lá, completamente impune, me deixa louco!

Nesse momento, Samira se levanta e pega nas mãos de Paulo. Os dois caminham e ela diz com carinho:

– Eu sei o quanto você quer acabar com isso! Mas precisamos relaxar e manter o foco. Se formos levados pela raiva, não vamos conseguir completar nossa missão com êxito.

– Você está coberta de razão. Então vamos voltar para o apartamento do Jansen. Você acha mesmo que podemos contar com o apoio deles?

– Mas é claro! A Anna, a Iva e o Jansen são profissionais e sempre foram simpatizantes da nossa causa. Eles já causaram muitos estragos na filial da Schiffer na Suécia. Eles apenas não entraram oficialmente para os Zelotes, mas estão conosco. Sei lá, cada um tem seus motivos, melhor assim; se fossem do grupo, poderiam já estar presos ou mortos. Quer saber: você precisa aprender a confiar mais nas pessoas!

– Tem razão, querida. Eu estou me esforçando, mas você sabe o quanto isso ainda é difícil!

– Eu sei! Mas sozinhos não podemos completar a missão. Será que você já se esqueceu que sem a ajuda deles nós não teríamos sido resgatados em segurança da nave ao chegarmos à Terra?

O sol já está nascendo na capital da Suécia. Nessa manhã, a cidade está amplamente decorada, e as equipes táticas reforçam a segurança. Visitantes, turistas e a imprensa mundial estão se preparando para acompanhar o evento internacional mais conhecido da Suécia: a cerimônia de entrega do Prêmio Nobel.

Na suíte presidencial do Grand Hotel Stockholm, as duas acompanhantes estão de saída, quando Luís questiona:

– Aonde pensam que vão? Eu paguei para ficarem comigo durante a minha estadia em Estocolmo.

Uma delas justifica:

– Não se preocupe com nada, querido! Nós vamos nos revezar e o nosso chefe vai mandar outras garotas para atendê-lo!

Um tanto irritado pela mudança de planos, Luís pergunta:

– Novas garotas? Isso não foi discutido...

– Isso não tem importância! São garotas lindas, são até mais exóticas...

– Como assim mais exóticas?

– Elas são superprofissionais como nós, você vai adorar!

– Esperem! Antes, eu quero saber mais sobre essas garotas. Eu quero ver fotos e vídeos, não gosto de surpresas! Exijo que chamem imediatamente o seu chefe!

Iva chama Jansen pelo comunicador, mas ele não atende. Apenas uma mensagem diz:

– Olá, aqui é Jansen, no momento não posso atender. Deixe seu recado que eu retorno em seguida, obrigado.

– Que absurdo! – Luís desabafa irritado e tenta chamá-lo diretamente de seu próprio comunicador, mas recebe a mesma mensagem.

Então, Anna diz:

— Pela manhã ele não atende, mas já deve estar a caminho do escritório. O que eu faço? As garotas devem chegar a qualquer momento!

— Cancele! Primeiro: eu preciso conhecer e saber quem são essas garotas, antes de me decidir.

— Mas eu não tenho acesso ao perfil das meninas. Somente o chefe pode passar esses dados para você, meu bem. Se quiser, podemos ir até o escritório agora. Com certeza algumas garotas estarão lá!

Furioso, Luís começa a se vestir e desabafa:

— Então, vamos! Eu aproveito para sair um pouco desse lugar, não aguento mais esse tédio!

Perto do hotel, Samira está em um veículo aeroterrestre, checando sua arma, quando Paulo chega. Ele entrega um bloqueador eletrônico portátil e diz:

— Apenas por precaução, fique com isso! Ele mordeu a isca?

Samira guarda o dispositivo, o beija e responde:

— Tudo certo! Você precisa ir para o apartamento de Jansen. Enquanto isso, eu vou segui-los e informo qualquer mudança nos planos!

Rapidamente, Paulo se despede de Samira e entra em outro veículo aeroterrestre, dando sequência à missão.

No hotel, Luís deixa a suíte e pega o elevador particular em companhia das garotas. Na garagem, dois seguranças e um androide estão de prontidão. Então, Luís ordena:

— Eu vou no meu veículo, e vocês me seguem. Vamos sair pelos fundos para evitar a imprensa e os curiosos.

Iva e Anna explicam para Luís o caminho até o escritório. Mais afastada, está Samira, que acompanha cautelosa o deslocamento deles. Assim que o grupo chega no prédio indicado pelas acompanhantes, Samira estaciona seu veículo e por um holograma acompanha a movimentação.

O grupo desembarca em frente a um prédio de quatro andares, afastado do centro da cidade. A rua está deserta e Anna sugere:

– Querido, você não prefere que os seguranças aguardem aqui? Muita gente pode assustar as meninas, e o Jansen não vai gostar da ideia.

Com ironia, Luís diz:

– Ah, vão se assustar com o quê? Eu não sou um cliente qualquer! Eu sou Luís Eduard Schiffer.

Sem outra opção, Anna e Iva entram no prédio, seguidas por Luís e seus seguranças. O androide permanece de guarda na porta do edifício. Enquanto isso, Samira reporta aos seus parceiros dentro do prédio os movimentos de Luís e seus capangas.

O grupo toma o elevador até o quarto andar. Anna destravava automaticamente a entrada com o reconhecimento facial na porta do escritório.

Dentro da sala, duas mulheres estão conversando distraidamente quando Iva entra anunciando:

– Olá, meninas! Temos visitas!

Luís Schiffer, Anna e os seguranças atravessam o umbral e a porta é trancada automaticamente. Enquanto Anna faz as apresentações, as mulheres se aproximam de Luís, rodeando-o.

Nesse momento, os dois seguranças são tomados de assalto por Paulo e Jansen, que surgem de um ponto cego, estratégico e camuflado, previamente preparado para a ação.

Em um movimento rápido, as duas mulheres rendem Luís Schiffer, ameaçando-o com armas letais. Sem outra opção e temendo pela própria vida, o homem que parecia tão poderoso se dá momentaneamente por vencido, estendendo as mãos para o alto.

Então, Paulo se aproxima e anuncia:

– Você está acabado, Schiffer! Não tem mais para onde correr. Nesse momento, a imprensa mundial está recebendo todos os vídeos, arquivos e um memorando com provas irrefutáveis dos crimes cometidos por você e sua organização criminosa! A partir de hoje, ninguém mais será refém nem vítima da Nova Ordem Mundial!

Em um acesso de fúria, Luís dispara:

– Memorando? Provas irrefutáveis? Para um ex-policial, você é muito ingênuo! Sou eu quem controlo tudo e todos! Quem você acha que criou e instalou em todo o mundo o SIMM? Quem criou e implantou em todas as pessoas o BMH? Quem foi que desarmou os governos do mundo para que todos dependessem do meu sistema? Quem foi que controlou o crescimento populacional desenfreado e selecionou os mais abastados para me servir? Quem você acha que planejou a prisão lunar para exterminar os que se opõem aos meus interesses? E, finalmente, quem você acha que manipulou os ensinamentos sobre Deus, criando pessoas totalmente dependentes de mim e da minha organização? Fui eu! Eu criei um mundo perfeito, um mundo unificado com o único propósito: me servir sem nenhum questionamento. Eu sou o escolhido, o príncipe desse mundo, e você deveria saber disso! Eu sou a Nova Ordem Mundial, entendeu?

– Ingênuo, eu? É você que não está entendendo a real situação: você é o chefe da maior organização criminosa no mundo e está sendo desmascarado! Como qualquer criminoso, vai pagar pelos seus crimes!

– Eu, Luís Eduard Schiffer, um criminoso? Como você ousa condenar o salvador do mundo?

– Você não é o salvador do mundo, coisa nenhuma! É apenas um homem, um homem com ilusão de grandeza, doente e psicopata!

Um silêncio estarrecedor invade a sala, e aquele homem, até então tão poderoso, parece pela primeira vez na vida assimilar a sua própria pequenez. Mas o efeito momentâneo logo se desfaz e ele grita, tomado por uma fúria cada vez mais irracional:

– Eu sou Luís Eduard Schiffer! Não existe ninguém nesse mundo que vai me derrotar! Meus servos e aliados jamais vão me depor do poder!

– Isso é o que vamos ver, Schiffer!

Nesse momento, a porta do escritório é destravada. Samira entra e comunica:

– Consegui neutralizar o androide de segurança a tempo. Tudo correu conforme o planejado: a imprensa mundial recebeu os arquivos. A premiação do Nobel já foi suspensa, Luís Eduard Schiffer está sendo acusado de traição e declarado inimigo público número um.

Nesse momento de distração, um dos seguranças se livra de Jansen e, capturando sua arma, atira em uma das mulheres ao lado de Luís.

A outra mulher responde e acerta o segurança, desacordando-o.

Luís pega a arma caída e rapidamente se coloca atrás de Samira, ameaçando-a. Todos ficam paralisados e apreensivos com essa reviravolta.

Luís arrasta Samira até o elevador e foge.

Imediatamente, Paulo corre pela escada de emergência e desce até chegar na calçada da rua, observando o veículo de Luís partir com Samira dentro. Paulo alcança seu veículo e vai atrás de Luís, em uma perigosa perseguição.

Ele tenta por várias vezes se aproximar de Luís, porém seu veículo é mais lento e a distância entre ambos aumenta lentamente.

Dentro do veículo, com o módulo de fuga acionado, Luís pressiona Samira contra o banco e ameaça:

– Agora, Samira, vamos ver quem vai se dar mal no final. Logo, logo você encontrará com seu grande amigo Jacob e seu namorado não poderá fazer nada para impedir.

Pressentindo o pior, Samira encontra o dispositivo de bloqueio eletrônico em seu bolso e, desesperada, o aciona.

Dentro de seu veículo, Paulo vê aterrorizado a cena do carro de Luís perdendo o controle e batendo com força na estrada, deslizando pelo piso até se chocar com uma árvore. Desesperado, Paulo estaciona e corre ao encontro do veículo destruído. Ele abre a porta com dificuldade e encontra Samira desacordada, com ferimentos pelo corpo. Com muita cautela, Paulo retira Samira e a carrega até um local seguro, analisando todos os sinais vitais dela. Enquanto ele a examina, Samira abre os olhos e fala:

– Meu amor, você acha que eu te deixaria sozinho nesse mundo? Você está completamente enganado!

Paulo sorri aliviado, porém, antes que ele responda, o veículo de Luís explode.

CAPÍTULO XX
JUSTIÇA

NOVA YORK — ANO 2098

Thomas está no escritório central do conglomerado e, tremendo de nervoso, organiza os arquivos digitais e o notebook, guardando-os em uma mochila. A barulheira e a agitação se espalham por todo o prédio da Schiffer & Co. Karl chega apressado, avisando:

– Rápido, Thomas. Não temos muito tempo, já entraram no prédio! Vamos usar o elevador particular para despistá-los.

– Boa ideia, Karl!

– Temos que sair daqui, agora! Com Luís morto e todas as provas contra a Schiffer, é questão de tempo até sermos apontados como cúmplices!

Os dois homens seguem apressados até o elevador particular de Luís Schiffer. Em todos os andares, seguranças e funcionários estão desligando o sistema e apagando os dados dos computadores.

O elevador desce em direção ao subsolo. Thomas e Karl entram no veículo aeroterrestre empreendendo velocidade de fuga. Contudo, assim que tentam deixar a garagem do edifício, deparam-se com um enorme contingente policial isolando toda a área, impedindo a passagem.

Assim que identificados pelos androides de segurança, Karl e Thomas são imediatamente presos e levados em custódia pelos agentes federais.

No último andar de um edifício luxuoso em Paris, a premiê da Suíça está reunida com outros membros da Nova Ordem Mundial, os mesmos que estavam na reunião com Luís Schiffer meses atrás. O grupo está discutindo medidas emergenciais para se livrar das possíveis acusações judiciais associadas às ações criminosas reveladas nas últimas horas pela imprensa do mundo todo.

A porta da sala se abre violentamente e a reunião é interrompida. Forças policiais especiais cumprem os mandados de segurança e dão voz de prisão a todos os presentes.

No Vaticano, um cardeal da Igreja Católica está se preparando para uma missa quando forças policiais especiais o detêm e cumprem a ordem de prisão.

O líder da maior igreja protestante do mundo é preso enquanto contabilizava os lucros das coletas de dízimos mensais dos fiéis.

Em todos os países, a população mundial assiste incrédula ao noticiário nos hologramas espalhados em praças, estações, aeroportos, empresas e casas. As imagens ainda mostram centenas de pessoas sendo presas em diversos países numa ação conjunta das forças policiais especiais de segurança. Um repórter narra:

– O CEO e principal acionista da empresa Schiffer & Sons Co., Luís Eduard Schiffer, morreu durante uma tentativa de fuga. Segundo as forças policiais, após perder o controle da direção, o veículo aeroterrestre bateu e explodiu com o impacto. O acidente aconteceu esta manhã, horas antes da cerimônia do Prêmio Nobel da Paz, que foi suspensa. O escândalo envolvendo a Schiffer, líderes mundiais, políticos, empresários, pessoas influentes em diversos setores, funcionários de alto escalão e líderes religiosos representa apenas a ponta do *iceberg* de uma gigantesca teia de corrupção, assassinatos, campos de trabalhos forçados na Lua e execuções em massa. Enfim, crimes hediondos foram perpetrados contra a humanidade. Sendo assim, um Comitê Especial de

Investigação na ONU foi formado, em que um Tribunal Internacional de Justiça terá jurisdição para apurar e julgar as denúncias e crimes, punindo com severidade os envolvidos. A qualquer momento, voltamos com novas informações.

ISRAEL — APÓS UMA SEMANA

Em Jerusalém, um cortejo passa pelas ruas da cidade. Uma multidão de judeus, cristãos, muçulmanos e pessoas de todo o mundo acompanham a cerimônia fúnebre de Jacob Seber.

Diversas homenagens são feitas para esse grande homem, que tanto fez pelo mundo. Afinal, o rabino e professor de teologia auxiliou na erradicação dos conflitos mundiais e teve notável atuação na tão sonhada paz entre judeus e palestinos. Além disso, nesta manhã Jacob Seber está sendo homenageado por mais um feito extraordinário: ele foi um dos responsáveis por desmascarar o maior escândalo de estelionato e corrupção de que se tem conhecimento.

A cerimônia ainda conta com uma distinção especial: Jacob Seber será enterrado com honras de herói, para que seus feitos sejam relembrados por gerações.

No holograma, um jornalista internacional comenta:

— Além de Jacob Seber, não podemos esquecer de todos os guerreiros anônimos que ajudaram a vencer essa batalha contra a Nova Ordem Mundial. Aliás, alguns desses heróis permanecem vivos para continuar a luta pela verdade e justiça. Entre eles, estão Samira Cristina e Paulo Pinheiro, ótimos exemplos de pessoas determinadas e comprometidas com os altos ideais de humanidade. Inclusive, especula-se que em breve eles irão assumir cargos de confiança na ONU para dar continuidade ao trabalho. O que seria uma excelente notícia, pois o que é melhor do que um casal jovem e apaixonado inspirando as pessoas no caminho do bem, não é mesmo, Marianne?

A repórter de Nova York faz um comentário ao vivo, direto da Time Square:

– Claro, Stanley! Todos nós estamos ansiosos para ouvir um pronunciamento deles. Mas, infelizmente, até o momento o paradeiro do casal é desconhecido.

Direto do estúdio, Stanley comenta, sorrindo:

– Com certeza, o casal deve estar aproveitando as merecidas férias. Até mesmo heróis precisam de descanso, certo?

NOVA YORK

No Central Park, em Nova York, um casal de velhinhos está assistindo ao telejornal em um holograma público. Balançando a cabeça em negativa, a velha senhora fala:

– Não te falei, Paulo! Está na hora de sairmos de cena, temos que sumir por um tempo!

O velhinho a interrompe:

– Guilherme, meu nome é Guilherme! Meu Deus, você ainda não aprendeu, Madalena?

Pela reação de Samira, Paulo percebe que novamente foi temperamental e emenda:

– Me perdoe, meu amor. Você está absolutamente certa! Já passou da hora de nos afastarmos!

Samira dá um beijo apaixonado em Paulo, dizendo:

– Sem dúvida! Por enquanto, a nossa missão terminou e nós precisamos de foco para pensarmos mais sobre nós e a nossa família.

Paulo retribui com um sorriso apaixonado, enquanto os dois caminham abraçados pelo Central Park.

Na prisão de segurança máxima na Rykers Island, Nova York, o guarda Ivanuckosk caminha determinado até o corredor C. Ele se aproxima de uma das celas, onde está Thomas com seu uniforme de presidiário, e anuncia:

– Sr. Thomas, me acompanhe até a sala de visitas, por favor.

Thomas está visivelmente abatido, mas se levanta lentamente e obedece ao pedido. Ao chegarem à sala, Thomas vai até um comunicador em uma cabine e recebe a mensagem confidencial de seu advogado, Lucius Princeton.

Ao ler a mensagem, Thomas de imediato fica de bom humor e, sorrindo maliciosamente, fala:

– O mundo não perde por esperar!

O guarda não se abala e automaticamente concorda:

– Claro, sr. Thomas! Agora o senhor precisa descansar, já está na hora de voltar para a sua cela.

Eufórico, Thomas prontamente o acompanha, sorrindo sem motivo.

CAPÍTULO XXI
FORA DA SOMBRA

LUA — ANO 2098

Pelo pátio interno da prisão lunar, Vasquez e a enfermeira Sônia caminham lado a lado com os soldados da ONU. Por decisão unânime do Tribunal de Justiça Internacional, o complexo lunar está sendo desativado e os prisioneiros tiveram suas penas anuladas.

Antes de embarcar na nave Freedom, Vasquez desabafa:

– Finalmente nós vamos sair desse inferno! Eu nunca mais vou pôr meus pés fora da Terra!

Alegremente, Sônia concorda:

– Nem eu! Depois que chegarmos à Terra, devemos comemorar! Se você quiser, poderá até me chamar para sair!

Pego de surpresa, Vasquez não perde a chance de falar:

– Claro, claro! Podemos até comemorar a liberdade com uma viagem ao redor do mundo, o que acha?

Sônia consente e diz, sorrindo:

– Eu adorei a ideia!

Na pista de decolagem, milhares de ex-prisioneiros e funcionários do complexo lunar estão alinhados. Todos estão livres e serão resgatados de volta para a Terra.

ROMA — ITÁLIA

Em uma rua movimentada em Roma, as pessoas acompanham pelo holograma as últimas notícias sobre o maior escândalo de corrupção e crimes perpetrados contra a humanidade. As ações da Schiffer Sons & Co. perderam quase todo o valor de mercado, e a justiça acabou decretando sua falência.

A imagem do CEO Luís Eduard Schiffer é transmitida, enquanto as informações de seus crimes são relacionadas lado a lado.

Sentados em uma lanchonete, estão um ex-padre e um garoto. Raj aponta para o holograma e diz:

— Padrinho, aquele presente que o homem de Nova York nos deu foi a causa de tudo isso?

— Não foi somente isso, Raj. Na verdade, muitas pessoas estavam investigando esse esquema criminoso internacional e foram os dados contidos naquele presente que confirmaram a veracidade das informações. Sendo assim, foram eles os verdadeiros heróis dessa história. Inclusive, muitos perderam a vida tentando ajudar. Eu só apresentei esses arquivos para as pessoas certas! Fui apenas uma pequena parte do processo, meu filho.

Com orgulho, Raj comenta:

— Eu acho que o senhor foi muito corajoso! Um verdadeiro herói!

— Muito obrigado, Raj. Mas sem Deus ao meu lado, eu não teria conseguido!

MINAS GERAIS — BRASIL

Samira e Paulo caminham de mãos dadas pela fazenda.

Seu Valdomiro e Dona Marta estão na cozinha preparando o almoço para a reunião da família. Os filhos de Samira haviam chegado no dia anterior para visitá-la.

Samira diz com empolgação:

– Eu nem posso acreditar que derrotamos a Nova Ordem Mundial. Tudo ainda me parece um sonho!

– É verdade, mas não podemos esquecer o alto preço que pagamos! Perdemos amigos e muita gente inocente morreu.

– Sem dúvida, Paulo. Mas nós encontramos o nosso propósito de vida e o verdadeiro amor. Esses são motivos suficientes para comemorar, não acha?

Paulo concorda sorrindo e, após beijar Samira com carinho, completa:

– O mal ainda existe e não foi completamente destruído. Segundo as Escrituras, estamos apenas no início de um tempo de dor e sofrimento. Por isso, precisamos nos manter alertas e sempre olhando para a cruz. Afinal, o mundo só será restaurado completamente na sua magnitude com a volta de Jesus.

FIM

COMENTÁRIO SOBRE A OBRA

Sou da geração dos anos 1980/1990, duas décadas sensacionais e repletas de novidades. Não é saudosismo, mas como não lembrar de tantas músicas, desenhos, séries e principalmente filmes de grande sucesso que marcaram tantas pessoas, como *Star Wars, Indiana Jones, Rocky, o lutador, Rambo, E.T., Goonies, Curtindo a vida adoidado, Contatos imediatos do terceiro grau, Top Gun, Karatê Kid, Os caça-fantasmas, De volta para o futuro* e muito mais.

De todos os filmes que assisti, os gêneros de ficção científica e aventura sempre foram os meus favoritos, influenciando a minha formação e visão de mundo.

Muitos anos se passaram até descobrir uma nova paixão: o estudo bíblico. E consequentemente descobri o mais importante: Jesus Cristo, meu Mestre e Salvador.

Com a transformação que ocorreu em minha vida após esse fato, e em razão do conhecimento que adquiri com o estudo do Evangelho de Jesus, minha percepção de mundo mudou, assim como mudou igualmente minha forma de enxergar as mensagens de filmes, séries e programas de entretenimento, atuais e do passado também.

Ao rever filmes e seriados antigos, fiquei surpreso ao descobrir algo em comum entre eles: em sua maioria, utilizavam referências bíblicas em suas histórias e roteiros, direta ou indiretamente.

Eis alguns exemplos: *Indiana Jones e os caçadores da arca perdida* faz menção à Arca da Aliança de Deus com o povo hebreu durante o Êxodo. *Star Wars*: "Que a força esteja com você" é uma concreta analogia a Deus. *Rocky, o lutador* está repleto de referências católicas. *Os caça-fantasmas* faz citações sobre o Apocalipse em todas as franquias do filme. *Blade Runner* traz uma reflexão sobre a humanidade e o seu Criador.

Até mesmo nos filmes atuais, como o dos heróis em quadrinhos *Batman x Super-Homem*, é visível essas referências bíblicas – por exemplo, na cena da morte do Super-Homem, que imita a crucificação de Jesus. Já *Homem-Aranha 3* traz diálogos e cenas com várias referências católicas. *Os Vingadores e a Era de Ultron* cita trechos inteiros retirados de textos bíblicos, assim como em *Sherlock Holmes* utilizam-se citações do Gênesis. Já *Piratas do Caribe* é carregado de referências cristãs em todos os filmes da franquia.

Além disso, é notório que filmes de terror utilizam a cruz, a Bíblia e outros símbolos considerados sagrados como amuletos de proteção contra o mal.

Contudo, nem sempre os diretores e roteiristas desses filmes utilizam corretamente o contexto bíblico apresentado. Pior, muitas vezes essas referências são usadas de forma superficial e deturpada, mudando os ensinamentos originais e alterando seu contexto.

Por isso, há alguns anos decidi escrever uma história de ficção utilizando várias referências de textos bíblicos sem modificar suas interpretações originais.

Quando comecei a escrever este livro, que é um *thriller* de aventura futurística com conflitos e dilemas pessoais atuais, tive a preocupação de citar diretamente e sem superficialidade o autor principal por trás de todas as referências bíblicas usadas na obra: Deus.

Neste livro, além das citações diretas sobre Jesus e o cristianismo, fiz alguns comentários sobre outras religiões, principalmente o judaísmo e o islamismo, que possuem origens monoteístas similares e fazem parte do contexto da história apresentada.

Meu maior desafio foi conciliar esse romance/ficção com o Evangelho de Jesus sem perder a sua essência e a real mensagem do Evangelho.

Após muito tempo de estudo, trabalho e dedicação, acredito que criei uma obra literária atrativa, com uma narrativa dinâmica, e que trará boas reflexões para o leitor, atendendo as expectativas dos mais exigentes aficionados em aventura e ficção.

Muitas pessoas me ajudaram no processo de criação e amadurecimento da obra, em especial o cineasta e roteirista de filmes Calixto Hakim de Araujo, o professor de teologia e pastor Gilmar Vargas, o professor de arqueologia bíblica, teólogo e filósofo Rodrigo Silva, a editora Ágape, Marisa Moura, Raul Vilela, amigos como Vera Grace Paranaguá e Eduardo Fenianos, assim como minha mãe Christina e minha esposa Marise, que colaboraram diretamente com a revisão da história. Contudo esse livro não existiria sem meu grande inspirador, Jesus Cristo. Por isso, toda honra e glória para Ele.

Juliano Vieira de Araujo

grupo novo século

Compartilhando propósitos e conectando pessoas
Visite nosso site e fique por dentro dos nossos lançamentos:
www.gruponovoseculo.com.br

Ágape

- facebook/novoseculoeditora
- @novoseculoeditora
- @NovoSeculo
- novo século editora

gruponovoseculo.com.br

Edição: 1ª
Fonte: Lora